# 追憶の白き彼方に

瞬間、ふたりは互いの瞳に幼い日の面影を見ながら、遠い昔の、木漏れ日の降るぶなの木陰に戻り、そして、あの時交わすべきだったキスを、ゆっくりと交わした。

# 追憶《ついおく》の白《しろ》き彼方《かなた》に

高原《たかはら》いちか
*ILLUSTRATION*：大麦若葉《おおむぎわかば》

# 追憶の白き彼方に

*LYNX ROMANCE*

CONTENTS

# 追憶の白き彼方に

吹雪《ふぶき》が目に映《うつ》るすべてを、白く染めている。

渦《うず》を巻く雪に漂白された世界を、ルスランは自らと、もうひとつの体を引きずるようにして歩いていた。どこかへ行こうというのではない。ただひたすら、逃げ延《の》びるためにだ。

だがひと足ごとに雪だまりに足を取られて、その歩みははかばかしく進まない。

「う……」

ぴったりと身を寄せている男が、かすかな呻《うめ》きを発する。

「大尉《たいい》……？　キサラギ大尉、大丈夫ですか？」

笛のように鳴り続ける吹雪の音の中にそれを聞きつけ、肩にかついだ腕を揺すり上げるようにして問うと、深い緑色の軍服の上に、同色の厚い外套《コート》をまとった男が応《こた》える。

「ああ……大丈夫だ」

聞く者を安心させるような、深みのあるやさしい声だ。だがそれとは裏腹に、男の歩く力がどんどん弱くなってきていることを、ルスランは感じていた。

（くそ……早く休める場所を探さないと……）

元々、この男は肺を病《や》んでいる。それに加え、今は銃創《じゅうそう》を負ってもいた。追っ手を完全にまいたと確信した地点で、一度応急手当てをしたが、着の身着のままの逃亡者の身で、できることなど限られている。

（とにかくどこかで、この吹雪を凌《しの》がなくちゃ――）

極北の原野は、決して人跡未踏《じんせきみとう》の地というわけではない。所々雪に埋もれて、人工的な石積みや、放棄《ほうき》された人家の跡が散在している。何年か前まで、ここが居住地として利用されていた証拠だ。

運が良ければ、どこかで猟師小屋にでもたどり着くかもしれない。それを期待して、ここまで歩いて来たのだが……。

（これは……無理かもしれない）

吹雪が想像していた以上に激しい。まったく視界が消失してしまった。このまま日が暮れれば、あっという間に死が襲ってくる。

どこかの斜面に雪洞《せつどう》でも掘ったほうがいいだろうか。だがその間、この人を吹雪の中に吹きっさらしにしておくわけにもいかないし……と男に目をやったルスランは、息を呑《の》んだ。

雪原に点々と滴《したた》る、真紅の痕跡《こんせき》。

応急処置で弾丸を出した傷が、開いていたのだ――！

「大尉！」

ルスランが叫ぶと同時に、男の体がぐらりと傾《かし》ぐ。男の体格はルスランを上回る。支えようとして、支えきれない。

男の体が、雪に埋もれる。

「大尉、キサラギ大尉！」

倒れ伏したキサラギの体を、仰向《あおむ》けに返す。

蒼白《そうはく》な顔で瞑目《めいもく》していた男は、ふわりと目を開いて、ルスランを見た。

「ドクトル……」

ルスランの患者でもあるキサラギは、独特の温かい抑揚《よくよう》で、そう呼びかけてくる。

「すまないドクトル……わたしはもう、ここまでのようだ……」

軍服の下の傷から血を滴らせながら、力なく喘《あえ》ぐ。

「そんな、大尉――！」

「ここから先は、あなたひとりで行くんだ、ドクトル……」

「そ……」

そんなことがどうしてできるだろう。あなたをこんな所に捨てて行くなんて。あなたはわたしを命懸《が》けで助けてくれた人なのに――。

そう反論しようとした時、手袋をした手が上がり、ルスランの頬に触れてきた。

「ドクトル・イセヤ……」

そのやさしい、愛撫《あいぶ》のような手つきと、深い闇夜色《やみよいろ》の瞳にひたりと見つめられて、ルスランは言葉を失った。

「驚かせることを、どうか許して欲しい――。わたしはあなたを、ずっと想ってきた……」

「大尉――？」

「初めてあなたを見た瞬間、何と美しい目をした人だろうと魅《み》せられてから、ずっとあなたに焦がれて――」

ふっ、と力なく苦笑する気配。

「軍隊内で同性愛は禁忌《きんき》……告白など生涯するつもりはなかった。だが、わたしはもう軍人ではない。ただの裏切り者の脱走兵だ。最期《さいご》くらいはひとりの人間として、自分の心に素直になりたい。あなたの清い心と、初春の花のような色香《いろか》に、どれほど魅了されてきたか、伝えずに死ぬのは嫌だった……」

囁《ささや》くように告げられて、ルスランは硬直した。この高潔《こうけつ》な男が、ぼくを——？

（そんな……）

言いようのない衝撃が、心に覆いかぶさってくる。

キサラギはこれまで、亡命者で敵国の出身でもあるルスランを、偏狭《へんきょう》な軍組織の中で幾度も庇《かば》ってくれた恩人だ。それだけではなく、理不尽《りふじん》な経緯で濡れ衣《ぎぬ》を着せられて銃殺されかけたルスランを、軍を裏切り、脱走兵となってまで助け出してくれた。

それらはすべて、この自分への想いからだったのか——。

（そうだったのか）

何かがすとんと心の中に落ちてくる感覚に息をするのも忘れていると、腕の中の男が苦く笑った。

「軽蔑《けいべつ》されてしまっただろうか？　わたしは……」

「そ、そ——んな、ことは……」

慌《あわ》てて否定するルスランを見る男の瞳には、悲しげな光が溢《あふ》れている。

「無理をしないでいい、ドクトル——あなたが男に言い寄られがちなことや、同性の下心を人一倍、嫌悪していることは察していた。過去に何か、男絡《がら》みで、つらい思いをさせられたことも——」

ひゅううう……と、吹雪が唸《うな》る。

「だがドクトル――わたしは……わたしもまた……美しいあなたを想わずには……」

男のその真摯《しんし》な声に、だがルスランの表情は固まる。

頼もしい庇護者《ひごしゃ》として慕っていたキサラギに思いを懸《か》けられていたことへの嫌悪感からではない。

どんな気持ちを抱かれようと、この誠実を尽くしてくれた男を嫌えるはずがない。

(……ユ……リー………)

ただ――その時のルスランは、心を別の男の影に覆われていたのだ。

(ユーリー……！　ユーリー・クレオメネス……！)

白金色《プラチナブロンド》の髪、灰色の瞳。背の高い、引き締まった体軀《たいく》。

覆いかぶさってくる体。抵抗を易々《やすやす》と封じた手。若いオスの臭い。

すでに遠い昔に成り果てたはずの記憶から、今も生々しく蘇《よみがえ》る、灰色のまなざし――。

「ドクトル……」

硬直しているだけのルスランの顔を、その腕の中から見上げて、キサラギは悲しげに呼びかける。

「あなたはやはり……」

その言葉の続きが出ないうちに、ざくざくと軽快に雪を踏む音が聞こえてくる。

続いて、オウゥゥ、オウゥゥ……と、地に響くような獣の声。

(……狼《おおかみ》……！)

血の臭いを嗅《か》ぎつけられたのかもしれない。まずいな、とルスランは焦《あせ》った。この季節の野獣は飢《う》えている。負傷して弱っているところを発見されたら、容赦《ようしゃ》なく集団で襲い掛かってくるだろう。

とっさに、ルスランはキサラギの外套《コート》をまくり上げ、その下に装着していた軍用拳銃を取り出そうとした。その手を、キサラギが摑《つか》む。

「早く逃げて、ドクトル。奴らはわたしが能《あた》う限り抵抗して、ここに引きつけておく。その間に、あなたはできる限り遠ざかるんだ――――！」

「できません、そんなこと！」

「わたしと共にいても、一緒に餌食《えじき》になるだけだ！　さあ、早く！」

「構いません！」

ルスランは喚《わめ》くように断言し、キサラギを絶句させた。

「だってあなたが負傷したのも、脱走兵の身になってしまったのも、ぼくが諍《いさか》いごとに巻き込んでしまったためです。見捨てることなどできません――――！」

「ドクトル、駄目だ――――！」

拳銃を渡すまいと抵抗するキサラギの手を、ルスランが無理に引き剝《は》がそうとする。「駄目だ！」と抵抗を止めようとしないキサラギの唇を、ルスランは自分の口で覆った。

「ドク――――」

キサラギの唇は、すでに冷たかった。ルスランはそれにぬくもりを与えるように強く擦《こす》りつけ、中深くまで、自ら舌を入れて絡みつく。

「――――ッ……」

漆黒《しっこく》の目を瞠《みは》るキサラギの胸元を開く。手袋を外し、その掌《てのひら》を男の胸板に滑らせ、円を描くように触れながら、腹部のあたりまで肌を露出させてしまう。

「ドクト……！」

「黙って」

驚いて身を引こうとするキサラギを引き留め、ルスランはさらに自らの胸元をも開いた。半裸の姿で深く抱きつき、肌を合わせ、再び唇を交わす。

冷めかけていた体温が、たちまち男の体に戻ってくるのがわかる。

「ン……」

驚いて硬直していたキサラギが、やがて静かに目を閉じる。うっとりと酔うようにルスランの舌を味わい、腕を上げて、首に抱きついてくる。

「ドクトル……」

悦楽《えつらく》に酔う男の指から、ルスランがようやく拳銃を引き剥がした、その時。

背後で、オン、オン！　と吼《ほ》え続ける声がする。

振り向くと、狼よりも巨大な、そして漆黒の毛並みを靡《なび》かせた獣が、四肢《しし》を踏ん張ってルスランたちを威嚇《いかく》していた。

首には、幅広の首輪。

「い……犬……？」

野生の狼ではない。明らかに人の手で育成された使役犬だ。

猟犬だろうか――と、ほっと安堵《あんど》の気持ちを覚えた瞬間、「落ち着け、ベオ」と呼びかけてくる声が、吹雪の中から聞こえる。

「ただの遭難者《そうなんしゃ》のようだ。攻撃の必要はない」

ブーツで雪を踏みしめる音に続いて、吹雪のカーテンの向こうから、濃いグレーの軍服と、毛皮をたっぷりあしらった外套《コート》を身に着けた男が現われる。

手には、いつでも構えて発砲できるよう、斜めに持ったライフル銃。

(こ、この――声……?)

まさか、そんな――偶然似ているだけだ。クリステナ軍の軍装をした若い男だから、錯覚しているだけだ――と、慌ただしく自分を納得させようとするルスランの前に、その男が雄偉《ゆうい》な長身を誇るかのように立ち塞《ふさ》がった。

顔を覆う頭蓋巾《フード》の毛皮から覗《のぞ》く、白皙《はくせき》の、灰色の瞳を持つ峻厳《しゅんげん》な顔――。

まさか――そんな、まさか――。

男がライフルを構え、ルスランたちに銃口を向けてくる。

「その深緑の軍装は――ヒムカ軍の者か」

ルスランもまた、背後にキサラギを庇いつつ、男に拳銃を向ける。

だが男は冷静なままだった。平坦な声が告げる。

「やめておけ。この周囲は左右に山がそびえる谷底のような地形になっている。うかつに発砲すれば、その衝撃で雪崩《なだれ》が起こるぞ」

「……」

「投降するなら、戦時条約に基づき、捕虜《ほりょ》としての待遇《たいぐう》を約束しよう。怪我人《けがにん》がいるのなら、なおのこと抵抗は断念したほうが賢明というものだ」

低い声で抑揚乏しく語りかけてくる声に、ルスランは確信していた。間違いない。信じられないが、この男は――。

「――ユーリー・クレオメネス」

突然、越境者から名を呼ばれて、男は息を呑み、内心で驚愕《きょうがく》したような気配を見せた。

「……まさか……」

「久しぶりだな――ぼくを憶《おぼ》えているか？」

男の構える銃が、その動揺に合わせてカチャカチャと鳴る。

「忘れたとは言わせないぞ。何しろお前とぼくは、ほとんど生まれた時からの友人同士だったからな――一〇年前の、あの時まで」

「…………ルスラン…………？」

半信半疑の男の声が、呼びかけてくる。ルスランの背後にいるキサラギまでもが「ルスラン……？」と驚きの声を上げたのは、ヒムカに亡命して以降、クリステナ人としてのこの名は名乗っていなかったからだ。

ルスランは外套《コート》の頭蓋巾《フード》を脱ぐ。

吹雪の中に、癖《くせ》のない栗色の髪が翻《ひるがえ》った。

濃緑色の瞳が、白一色の世界の中で、燦然《さんぜん》と輝く。

「そうだ——ぼくの名は、ルスラン・レオポリートだ」

拳銃を握る手に力を込めて、ルスランは一〇年ぶりに本名を名乗った。銃口を、まっすぐに男に向けたままで。

「お前の父、クレオメネス将軍の罠《わな》にはまって処刑されたイリヤ・レオポリートの息子……。そしてお前に母を殺され、すべてを奪われ——この体を凌 辱《りょうじょく》された、かつての友だ！」

ひゅううう……と風が鳴る。

「ドクトル……」

茫然《ぼうぜん》とした声で、キサラギが呟《つぶや》く。

男の灰色の目が、ルスランを凝視《ぎょうし》したまま、微動だにせず見開かれている。

「くぅん……？」

そして、凍りついたように対峙《たいじ》する男たちを、真っ黒い毛並みの犬が、不思議そうに見上げていた。

それは、北の大帝国クリステナと、東の新興国ヒムカの戦争が始まってから三度目の、そして最後の冬の出来事だった——。

◇　◇

ルスランたちが捕虜として連行されたクリステナ帝国軍の基地は「聖ペトロの砦《とりで》」といい、古めかしいその名に相応《ふさわ》しく、暗灰色の石積みの、堅牢《けんろう》ではあるがひどく古びた城塞《じょうさい》だった。

四方に尖塔《せんとう》の建つ造りといい、鉄柵を備えたアーチ型の城門といい、とても近代軍隊の要塞とは思えず、ふとした拍子に甲冑《かっちゅう》姿の中世の騎士が出没しそうな空気を湛《たた》えている。

（古いな……）

しかし、古いながらもこの辺境には不似合いなほど立派な造りだ。もしかすると、宮廷で帝位をめぐる争いが絶えなかった時代、貴人を幽閉するために造られた砦なのかもしれない。

（このあたりは、確か昔は流刑地だったはずだからな――）

負傷しているキサラギは毛布にくるまれた姿で橇《そり》に乗せられ、クリステナ軍の兵士数名によって無事収容されていた。「ベオ（熊）」と呼ばれていた黒い犬は、見慣れない人間が気になるのか、橇に横たわるキサラギの蒼白な顔に濡れた鼻先を近づけて、盛んに匂いを嗅いでいる。その様子を見ながら、ユーリーが命じた。

「そちらの捕虜は、銃創を受けている。すぐ軍医の元へ運んで手当てを」

「はっ」

命令一下、兵士たちがどこからか担架《たんか》を運んでくる。ベオは相変わらず興味津々《しんしん》といった様子で、移乗させられるキサラギのそばを離れようとしない。

「お前はこちらだ」

有無を言わさず腕を摑まれ、キサラギから引き離されかけて、ルスランは反射的に男の手を振り払おうとした。

「離せ！　どこへ連れて行く気だ！」

「捕虜としてきちんと待遇すると言っただろう。大人しくついて来い」

抵抗はしたものの、男の手は力強く、五指が万力のようにルスランの腕を捕らえ、小揺るぎもしない。それでもルスランは、何とかその場に踏みとどまろうとした。

「駄目だ！　収容するなら大尉と同じ部屋にしてくれ！　彼はぼくの患者で、治療が必要な身なんだ！」

「軍医なら、この砦にもいる」

灰色の瞳が、ぎろりとルスランを睨《にら》みつける。

「……お前たちに要求権はないと思え」

「――ッ」

ルスランは、男に腕を摑まれたまま、ぞっと震え上がる。

白金色《プラチナブロンド》の髪に灰色の瞳。雄偉な長身。ユーリー・クレオメネスは、ルスランの記憶にある姿よりもさらに一段と研《と》ぎ澄まされ、一点の曇りもない刃のような男になっていた。一〇年前、まだ一〇代の終わりだった頃から、将来はさぞかし切れ者として栄達《えいたつ》するだろう、と思わせる片鱗《へんりん》はあったが。

(それが……どうして?)

ルスランは問い質《ただ》したい衝動に勝てなかった。

「お前——どうしてこの戦争のさ中に、こんな辺境の小さな砦にいるんだ……?」

ここは一応クリステナ帝国領ではあるが、文字通り鳥も通わぬ辺境だ。ありていに言えば、高級軍人としては左遷《させん》先のはずだ。

(てっきり今頃は、皇帝陛下の覚えもめでたく、さぞかし帝都の参謀本部あたりで栄達しているものと思っていたのに——)

だが男は黙したきり、応えようとしなかった。規則正しい軍靴《ぐんか》の音と、ルスランのやや乱れがちな足音が、凍《い》てつくように陰気な空気の満ちる廊下に響く。

教会堂を思わせる古風なアーチを描く長い天井は、限りなく黒に近い灰色に煤《すす》けていた。軍事施設ならば当然いるはずの衛兵の姿すらない廊下を、ルスランは黙りこくる男に引かれるまま、ふたりきりで長く歩かされた。

男の横顔を、やや斜め後ろから凝視する。高く、すっきりと通った鼻梁《びりょう》。透けるように白い肌。厳《いか》めしく肉の削《そ》げた頬。引き締まった薄い唇。そして揺るぎなくまっすぐに正面を見つめる、灰色の目。

(まさか、生きているうちに、またこの顔を見る日が来るなんて……)

二度と会うことはないと思っていた男だ。生涯、遠くから冷たく憎み続けるはずだった男だ。その男が、今目の前で、自分の腕を引いている。まるで悪夢の中にいるようだ……。

「ここだ」

その男が、ルスランの腕を掴んだまま、中世の騎士物語が織り込まれたタペストリーの前で立ち止まる。ルスランが男の意図を察せられずに戸惑《とまど》っていると、男はタペストリーの脇をめくり、その裏にひっそりと隠されていた木製の扉を押し開いた。

かび臭いタペストリーをくぐって中に入り、古風な石壁には不似合いなレバースイッチを押し下げる。すると、ブゥーン……と虫の羽音のような音がして、吊り下げられた電球に順々に光が灯《とも》った。

「電灯《あかり》はあるが、暗いぞ。足元に気をつけろ」

「……」

乾いた声で注意を受けつつ、ルスランが上らされたのは、塔の内側をぐるぐると巡る螺旋《らせん》の石段だった。冷えて凍《こご》えた空気が、頭上からずしんと重く伸し掛かり、その中に足音だけがかつんかつんと高らかに響く。

(隠し階段の上の、塔の部屋とは――)

いよいよ、おとぎ話に出てくる姫君の幽閉場所のようだ――と思った時、突然、頭上から慌てふためくように降りてくる足音が響いた。

虫の羽音のように軽く、リズムが一定しない。まるで子供の走り方だ――と思った瞬間、目の前に、身の丈がルスランの三分の二ほどの少年が現われた。体に合わせて誂《あつら》えた軍服をきちんと着込んでいるが、正規の軍人ではない証《あかし》に、階級章をつけていない。髪は天使のような金色だが、くしゃくしゃと縺《もつ》れ合っている。年齢はおそらく、背丈が急速に伸び始める寸前の、十二か三というところ。

「お帰りなさいませ、少佐！」

口の端にショコラの髭《ひげ》とビスケットの粉《こな》をつけたまま、背を伸ばして敬礼するさまが、何とも可笑《おか》しい。だがユーリーは笑いも咎《とが》めもせず、少年に「ヒムカ人の捕虜だ」とルスランを示す。

「この塔の部屋で、すぐ収容に使えそうなところはあるか？」

あどけない少年は、「捕虜、ですか——？」と、やや戸惑った様子で首を傾げた。この砦に捕虜を収容することになるなど、想定していなかった、という顔だ。

「ぼくの——い、いえ自分の隣の部屋なら、これから掃除をして寝台を整えれば、何とか使えると思います。すこしお時間を頂けますでしょうか？」

「お前に任せる」

言うなり、ユーリーは厳格な顔つきになる。

「サーシャ、言うまでもないが捕虜を人道的に扱えるか否《いな》かには、クリステナ軍の名誉が懸かっている。しばらく俺の身の周りのことはいいから、この男の世話を優先して行え」

「は、はいっ！」

サーシャと呼ばれた少年は——おそらくユーリーにつけられた従卒《じゅうそつ》なのだろう——上官直々《じきじき》の命令に、後ろに反り返るほどに背を伸ばして敬礼した。

「部屋が整ったら知らせろ。それまでは俺の私室に収容しておく」

「承知いたしました少佐！」

緊張しきって立つ少年従卒の脇を、「少佐」はルスランの腕を引き、規則正しい足音を刻みながら通り過ぎる。

ユーリーの部屋は、塔の最上部にあった。私室とはいえ司令官の部屋としては妙なところにあるが、そもそもが貴人の幽閉所として作られたこの要塞では、もしかするとここが一番豪華で居住性のいい部屋なのかもしれない。

古風な鋳鉄《ちゅうてつ》製の鍵で、ユーリーが自ら厚い木の扉を開く。ごつい蝶番《ちょうつがい》が、ぎぃ……と音を立てた後、ルスランの目の前に現れたのは、だが想像していたような豪華な家具調度がそろった部屋ではなかった。

いや、おそらく、かつてはそれなりに貴人の部屋に相応しいしつらえだったのだろう。壁には古代の英雄物語を織り込んだタペストリーが掛けられ、いかにも貴族の居室らしい繊細《せんさい》な細工の家具も配置されている。寝台も、四柱と天蓋《てんがい》をそなえた大きなものだ。だがそれらは、いずれも長い歳月を経て古び、色褪《いろあ》せて傷《いた》んでいる。

その歴史博物館のような部屋に、最新式の電信機が、文字通り取ってつけたように置かれている。その横の小机も、比較的近年のもののようだ。そして――。

(バイオリン……!)

黒いケースに入れられたままのそれを小机の上に見た瞬間、ルスランは雷《かみなり》に打たれたような衝撃を受けた。

――あの学院の、ぶなの巨木の陰。滔々《とうとう》と流れるような音色《ねいろ》は、遠い東の国の英雄伝説を元にしたという「逝《い》ける白鳥のためのソナタ」……。

改めて、ルスランは思い知り、打ちのめされた。目の前にいるこの暗灰色の軍服の男は、やはり間違いなく、あのユーリー・クレオメネスなのだと。

「ルスラン」

男がその深みのある声で、名を呼んでくる。

「まさか、ここでお前と再会するとはな――」

「やめろ……」

ルスランは震える声で返した。

「今さら、ぼくに対して友人のような口を利くな！」

抑えられない怒りが、ふつふつと湧き上がる。

「ぼくたちの友情は、一〇年前に終わったはずだ。ユーリー・クレオメネス。お前の……お前の裏切りで――！」

刹那《せつな》、灰色の目と濃緑色の目が、正面から対峙する。だがかつての友の糾弾《きゅうだん》の視線を受けても、灰色の目は揺らごうともしない。

「――脱げ」

その男に、短く傲慢《ごうまん》に命じられて、ルスランは息を呑む。

「な……」

「何を驚く？　捕虜が妙なものを隠し持っていないか、まず身体検査をするのは当然のことだ」

言いながら、男は自ら毛皮つきの厚い軍用外套《コート》を脱ぐ。

そして手袋も外した。長い指を持つ優美な手に、思わずルスランの目が釘付けになる。

巧みに弓を操《あやつ》り、優美な音色を奏《かな》でた手。悪童たちを相手に、喧嘩《けんか》をしても負け知らずだった手。子供の頃、いつも憧《あこが》れた手——。

「早く脱げ——それとも、俺に脱がされたいか？」

一瞬よぎった懐古《かいこ》の感情に水を掛けるように、男が言う。

「……ッ、ユーリー……！」

「生憎《あいにく》だが、昔のよしみは通じないぞ、ルスラン・レオポリート」

灰色の目が、ぎらりとルスランを睨む。

「ここでは、クレオメネス少佐か、大隊長と呼べ」

そして有無を言わさず、外套《コート》の襟元を摑まれ、ぐいっ、と肩の下まで引き下げられる。

血の気が、さぁ……と引いてゆき、ルスランは身を捩《よじ》って抵抗した。

「やめろ！　ぼくに触るな！」

「身体検査だと言っただろう」

「ぼくはただ、ヒムカ軍から逃亡してきただけだ！　着の身着のままで、何も妙なものなど持っていない！」

「俺に拳銃を向けてきたくせに、何を言う」

「あれは——！」

あれはキサラギ大尉から取り上げたものだ。大尉はあれで上官を脅《おど》して、処刑されかけたぼくを救出してくれただけだ。越境して何かをしようと企んでいたわけじゃない……！　と叫ぼうとした刹那。

男の手が、ルスランのシャツを襟元から引き裂いた。

「………！」

たちまち半裸にされ、ルスランは蒼白になる。

懸命に封印してきた記憶が蘇る。轟《とどろ》く銃声。血まみれて倒れた母。無二の友と信じてきた男が、体の上に伸し掛かってくる重み――。

「抵抗するな、ルスラン」

一〇年前とまるで同じ言葉が、目の前の男から発せられる。

「抵抗すれば、お前はもちろん、同行者のあの男も捕虜として扱うわけにはいかなくなる。越境してきた敵軍と見なして処刑することになるが――それでもいいのか」

半裸の姿で、ルスランは打ち震えた。男をねめつけて、低く罵《ののし》る。

「………卑怯者っ………！」

だが男は――ユーリー・クレオメネスは、顔色ひとつ変えず、ルスランを見据《みす》える。

「あの男の処遇は、お前の態度次第だ」

「――ッ……！」

そう告げられて、ルスランは抵抗する術《すべ》を失った。

血が出る寸前まで、唇を嚙《か》みしめつつ、ルスランは自らの衣服を剝いでいく。

「ふん――」

そのさまを、男が冷たい目で見つつ、告げた。

「よほどあの男が大事なのだな。親の仇《かたき》に自ら、肌をさらすとは――」

身を斬《き》られるような屈辱《くつじょく》を、ルスランは堪《こら》えた。

(そうだ……これは、大尉のためだ――)

キサラギは命の恩人。そして自分の患者だ。患者の命を、医師が守るのは当然のことだ――。

ルスランの足元に、一枚また一枚と衣服が重なってゆく。すべてを脱ぎ終え、エメラルドに似た濃緑色の瞳を険しくして、男を見据える。

「……これで――いいだろう」

男は氷結した湖のような瞳で、ルスランの裸体を眺《なが》めまわした。

「後ろを向け」

冷徹な声で告げられ、ルスランはびくり、と震えた。そして嫌な予感の通りに、男が命じる。

「そこの壁に手を突いて、足を肩幅より広く開け」

「……！」

「体内を検査させてもらう」

ルスランは、ひ……とひきつるような悲鳴を押し殺せなかった。口元を押さえながらめまいに倒れそうになった刹那、男の手に捕らえられ、後ろを向かされて、壁に押しつけられる。

男の指が、尻肉を左右に押し広げながら、狭間《はざま》に侵入してくる。

「――ッ……！」

硬く閉じた肉の蕾《つぼみ》を、冷たい指にこじり回され、ルスランは震えながら壁に縋《すが》った。「足を閉じるな」と命じられて、軍靴を履《は》いた足で閉じかけた踵《かかと》を蹴られる。あまりの屈辱に、「っ……」と嗚咽《おえつ》が漏《も》れる。

――あの時、一〇年前のあの時……。

ルスランは思い出すまいと首を打ち振った。だが『やめろ……』と弱々しく懇願《こんがん》する自分の声は、否応《いやおう》なく脳裏《のうり》に蘇ってくる。

『やめろ、やめろユーリー……！　どうして、どうして君がこんな……！』

ルスランが昔の記憶に苦しんでいるのを知ってか知らずか、男は中指を第二関節まで侵入させ、柔肉のみっしりと詰まる中を、強引に掻《か》き回した。過敏なそこは、男の指の爪や関節の形までをもはっきりと感じ取ってしまう。ルスランが堪えようとして堪えきれずに零す嗚咽や悲鳴に、男が首の後ろで、じっと聞き入っているのがわかる――。

「……も……もう、やめてくれ……！」

耐えきれず、切れ切れに懇願しても、男はやめてくれない。それどころか、指をずぶりと根本まで埋め込んでくる。

「ひ、ぅうっ……！」

もう駄目だ。耐えられない。いっそ舌を嚙んで……と思い詰めた瞬間、ようやく、男の指がぬるりと出て行った。

はぁっ……と、全身から安堵の息が漏れる。

「――使っている様子はないな」

ハンカチで指を拭《ぬぐ》いながら、男が言う。

何のことだ——と訝《いぶか》るルスランに、男は瞳を冷たく光らせる。

「な……何……？」

「あの男に抱かれているのではないようだ、と言っている」

「——何を馬鹿な……！」

ひどい誤解をされていることを悟り、ルスランは怒りで髪が逆立《さかだ》った。

「ぼくと大尉はそんな関係じゃない！　憶測《おくそく》でものを言うな！」

だがそんなルスランに、男は昏《くら》く目を光らせる。

「では、先ほど雪の中でしていたことは何だ？」

軽侮《けいぶ》すら感じさせる冷たい声だ。

「男同士で唇を重ね、胸肌を合わせて——」

「あ……あれは、医師として必要な手当てをしていただけで、やましいことは何もない！」

「………」

信じたのか信じていないのか、表情からはまったく判別できない顔で、男は沈黙した。

ルスランもまた、視線を逸《そ》らせたら敗《ま》けだ、という一念で、男の顔を凝視し続ける。

そして意外にも、先に目を逸らせたのはユーリーのほうだった。自身の荷であるらしい使い込んだトランクを開き、清潔なシャツと下着、靴下そしてズボンを取り出して、ルスランに突き出す。

「着ろ」

また、傲慢な命令口調――。

「少し丈が余るだろうが、我慢しろ。後でサーシャに言って裾と袖を詰めさせる」

「……それぐらいは自分でする」

「捕虜に針など持たせられるか。それより早く――」

男が言い差した瞬間、どんどんどん、とドアがノックされる。

「少佐、お部屋の準備が整いました！」

迅速に仕事を済ませたことを誇るような元気な声が響く。ユーリーはいまだ全裸のままのルスランに「早く着ろ」と小声で囁き、自らドアに近づいて行った。

「入れ」

「失礼いたします！」

威勢のいい声に、ルスランは慌てて寝台の帳《とばり》に隠れる。だが一瞬遅かったらしい。ユーリーの体の向こうのサーシャが、「えっ……」と声を上げるのが聞こえてしまった。

「部屋のスチーム暖房の具合はどうだ。ちゃんと機能しているか」

ユーリーがしらりと問う。瞬間、茫然としていた少年は、「わあっ、は、はいっ」と飛び上がるように慌てて応えた。

「大丈夫です。先週、砦じゅうの配管を徹底的に検査したところですから！」

自信をもって応える少年は、この短時間に、よほど奮闘したのだろう。柔らかい頬は煤で汚れ、髪には蜘蛛《くも》の巣が掛かっている。

「そうか、ご苦労」

ほんの心もち柔らかい声で、ユーリーは少年従卒を労《ねぎら》った。そしてルスランを振り向く。

「移動する。来い」

「……っ」

サーシャは、帳の陰から丈の合わない服を着てそろそろと出てきたルスランからサッと目を逸らし、だが逸らした先で床に投げ捨てられた衣服と裂けたシャツを見てしまい、派手に顔を赤くした。その微妙に泳ぐ目が、ぼくは何も見てませんから！　と必死で言い繕《つくろ》っている。

軍隊において同性愛は禁忌だが、同時に古来からよくあることでもあり、規律のゆるい組織であれば、一種のガス抜きとして見て見ぬふりをされることもある。まだ少年とはいえ、軍隊にいて年長の兵隊たちと接していれば、自然に耳年増にもなるだろう。上官の部屋に裸に剝《む》かれた人間がいれば、想起することはひとつに違いない。

どうやら、また厄介《やっかい》な誤解をされてしまったようだ。しかもこんな子供に――。

「来い」

だがルスランの悔しげな様子など斟酌《しんしゃく》もせず、男は再度、ぐいと腕を引いてきた。引きたてられるように歩かされる後ろから、サーシャも戸惑いがちについてくる。

三人で陰気な足音を響かせ、螺旋の石段をひと巡り降りた先に、ユーリーの私室と双子のように似た扉があった。だが、ぎぎぃ……とさらに耳障りな音を立てて開いたそこには、質素で実用一点張りの軍用寝台を置いた、石壁が剝き出しの殺風景な光景が広がっている。ユーリーの私室と同じなのは、広さと、床に同色同意匠《デザイン》の色褪せた絨毯《じゅうたん》が敷かれていることくらいだろうか。

「入れ」

促《うなが》されて入ると、少年が誇らしく断言した通り、室内の空気はスチーム暖房によって急速に温められていた。見かけより居住性は良さそうだ——と安堵しかけて、はっと気づき、振り向く。

「キサラギ大尉は？　彼はどんな部屋に収容されているんだ？　まさか営倉《えいそう》に入れたりしていないだろうな？」

「奴は軍医に任せた。ちゃんと傷病《しょうびょう》者用の部屋を宛《あ》てがっているはずだ。お前が心配する必要は……」

「この部屋を使わせてやってくれ！」

ルスランは叫んだ。

「彼の体にはなるべく暖かくて、なおかつ空気のいい、ここのような部屋が必要なんだ。傷病兵用の部屋などに入れたら、症状が——！」

ユーリーは眉間《みけん》を険しくしながら応じる。

「軍の規律上、特殊関係にある者同士を同室にはできない」

特殊関係——とはつまり、肉体関係のことだ。やはりユーリーは、ルスランの言い分を信じていないのだ。

「待……」

一方的に言い残すと、男は重そうな扉を押し開き、長身を心もち屈《かが》めるようにして部屋を出てゆく。

引き留めかけたルスランに、

「後で食事を持ってこさせる」

振り向いたユーリーは、灰色の瞳を昏く光らせて告げた。

「言っておくが――ハンストなどすれば、あの男も一蓮托生《いちれんたくしょう》だ。いいな」

「待て！」

ばたん、と重い音がして扉が閉じる。大時代的な錠前が掛かる音に続いて、男の重い足音と、子供の軽い足音が石段を降りて行った。

茫然と立ち尽くしていたルスランは、頭をひとつ振り、寝台に腰を降ろす。

華奢《きゃしゃ》に見える軍用寝台は、だがルスランの体重程度では、軋《きし》みひとつ上げない。あの少年が用意してくれたのだろう寝具も、乾いた清潔なものだ。

聞こえるのは、暖房のスチームが管の中を巡る音。

そして塔を取り巻く吹雪の音だ。

「ユーリー……」

ルスランは項垂《うなだ》れ、両手に顔を埋めて呟く。

「ユーリー・クレオメネス……」

どうして。なぜ。何の因果《いんが》で。

今生《こんじょう》では二度と会うはずもなかったあの男と、なぜ今ここで、こんな時に、こんな形で再会してしまうのだ。

「神よ――」

これはあなたの配剤《はいざい》か。だとすればあなたは、ぼくに何を望んでいる？　自分たちにはこの先、どんな運命が用意されているというのだ――？

ルスランはこの一〇年間、思い出すことも避けていた記憶の渦の中へ、自ら陥《おちい》って行った。

◇　◇

――ルスラン・レオポリートとユーリー・クレオメネスは、共にクリステナ帝国皇帝より伯爵位《はくしゃくい》を賜《たまわ》る家に、その嫡《ちゃく》長子《ちょうし》として、同年の三ヶ月違いで生まれた。

それだけならば、ただ同い年の貴族の御曹司《おんぞうし》が帝都内にふたりいる、というだけだったろうが、ふたりの人生が最初から濃厚に重なったのは、互いの父親が無二の親友同士だったからだ。

ルスランの父はイリヤ・レオポリート伯爵。ユーリーの父はジーマ・クレオメネス伯爵。ルスランの父は若い頃から旅行家として著名であり、その成果を生かして言語学の権威と呼ばれた人で、一方ユーリーの父は将軍として早くからいくつかの対外戦争を指揮し、幾度も帝国に勝利をもたらして、皇帝の信頼も篤かった。

穏《おだ》やかな学者肌で線の細いルスランの父と、豪快でいかにも猛者《もさ》といった風貌《ふうぼう》のユーリーの父は、外見も性格もまったく似通うところがなく、また互いの仕事に対する理解もなかったが、幼少期の寄宿学院以来だという友情は、不思議と長く穏やかに続いていた。

ふたりの幼児の友情は、父親たちのそれを受け継ぐような形で始まった。特にユーリーが八歳で母親を亡くして以降は、軍務に忙しいその父親に代わって、ルスランの父母が実質的に親代わりとして養育したようなものだ。

そして、兄弟のように成長したふたりは、貴族の子弟の慣例に従い、一〇歳でそろって帝都の寄宿学院に入学した。

ユーリーは軍人の息子らしく謹厳《きんげん》で、寡黙《かもく》でもあり、大言壮語《たいげんそうご》することもない代わりに、必要な言葉が足りないこともある不器用な性格の少年だった。そのせいかどうか、言葉に寄らず感情を表現できる音楽を愛好し、ことにバイオリンを好んで、学院に入学した頃には、かなりの腕前にまで上達していた。

ルスランはよく彼の演奏を、学院の中庭に立つ、大きなぶなの木の木陰で聞いた。自分はいずれは軍人にならねばならない立場であり、音楽家になる気はないと公言するユーリーは、演奏をほとんどルスランにしか聞かせなかったからだ。

それは宝石のように輝かしい光景だった。巨木の陰。梢《こずえ》のざわめき。きらきらと煌《きら》めく木漏《こも》れ日。地面を覆う夏草の香り。豊かに揺蕩《たゆた》うバイオリンの音色――。

見事な演奏にぱちぱちと拍手をしながら、ルスランが尋ねる。

「ユーリー、今のは誰の何て曲……？　初めて聞くよ」

「『逝ける白鳥のためのソナタ』――ヒムカ国の英雄伝説から想を得た曲だそうだ」

「へえ、ヒムカの……」

ルスランは興味を示した。それは母の故国の名だった。

「今弾いたのは、故郷へ帰ること叶わず、異郷の地で果てた英雄の魂《たましい》が、白鳥となって飛翔《ひしょう》するさまを描写した部分だ」

「素晴らしいな。ねえ、今度母上にも弾いてあげてくれる？　喜ぶと思うから」

「ああ」

短く応え、ユーリーはバイオリンを仕舞うために身を屈める。

そして草の上に膝を突いたその姿勢のまま、ふとルスランを見た。

「何――？」

偶然、ふたりは同じ高さで、顔を突き合わせるような姿勢になった。ユーリーはそんな間近で、薄い唇をごく細く開いた。

何かを囁こうとするかのように――。

「どうしたの、ユーリー」

だが、小首を傾げるルスランに、親友は結局無言のまま、深くため息をついた。

「いや……何でもない」

何か大きな物事を断念したかのように、首を左右に振る。

「何でも、ないんだ……」

時折、そんな謎めいた、何か言いたげな様子を見せつつ、ユーリーはいつもルスランのそばにいた。

（でもあの頃――ユーリー以外の学友には、よくいじめられたっけ……）

クリステナの貴族社会では極めて珍しいことだが、ルスランの母は東方の新興国ヒムカ出身の女性だ。学術調査旅行に出かけた父がクリステナに連れ帰り、親族一同から中央宮廷まで巻き込んだ騒動の末に、ようやく正式の妻にしたのだ。妖精のように小柄《こがら》で、漆黒の髪と漆黒の目をし、肌はやや卵黄色を帯びていた母は、結婚して子を産んだ後も、どこか少女のような雰囲気を湛えていた。

彼女から生まれたルスランは、（瞳の色だけは父方の祖母譲《ゆず》りだったが）明らかに異人種の血を引いた容姿《ようし》をしており、特権階級意識の強い学院の生徒たちの間では、それは当然のように好奇と迫害の対象になった。

（東方人の血のせいで、年頃になってもあんまり男らしい容姿にならなかったことも、目をつけられる原因になったっけな――）

今でこそルスランも、そこそこ大人の男らしい容貌になったが、当時は体格のいい同級生たちの中でひとり華奢で、体毛も薄く、母同様にいつまでも少女のような容姿で、悪目立ちする存在だった。

色気づいたばかりの思春期の少年・青年が群れ集《つど》う学院では、文字通りの「狼の群れの中の仔羊」だ。やさしく声を掛けるそぶりで体のきわどい箇所に触れてゆく者や、すれ違いざま、卑猥《ひわい》な言葉を吐いてゆく者、下着を窃盗《せっとう》する者、大胆にもはっきりと情事に誘う者もいて、後に聞き知ったところでは、上級生たちの間では密かに、だが大っぴらに「誰がレオポリート家の坊やをモノにするか」という競争が行われていたらしい。

そんな学院で、ユーリーはひとり黙々と、ルスランを守り続けてくれた。時には、暴力を用いてまで――。

「……ごめんね、ユーリー。ぼくのせいでいつも君まで……」

ある時ルスランは、罪悪感に駆られてそう告げた。それもまた、あのぶなの大木の下だった。だが枯葉の舞い散る中、頰に喧嘩傷をつけた少年は、こともなげに応えた。

「何を言っている。当然のことだ」

そう言って握りしめた手は、人を殴った衝撃でひどく腫《は》れていた。ユーリーはこの三日前、ルスランが大切にしていた本を切り刻んだ悪童三人組を相手に大立ち回りを演じ、この時ようやく謹慎を解かれたばかりだった。

「――お前を傷つけようとする輩《やから》など、俺は許さない。絶対に、だ」

その断固たる声と、灰色の目の昏い輝きに、ルスランは感激するよりも先に茫然としたものだ。

（どうしてユーリーは、こんなにもぼくを守ってくれようとするんだろう――？）

兄弟も同然の親友同士だとしても、この執着は少し異常だ、とルスランは感じた。そしてふと不安になった。何かがおかしい――と。

ルスランが女の子だというなら、まだわからないでもないのだ。もしも本当にそうだったら、家柄も年齢も釣り合うふたりは、おそらく生まれながらに婚約させられていただろうし、そうなればユーリーには将来の夫として、ルスランを守る義務がある。だが現実にはルスランは男子で、将来は軍人になるわけでもない。守ったところで何の得にもならず、ただ敵を増やすだけだ。それなのに――。

だが「どうして？」と尋ねても、親友は決して答えてはくれなかった。いつも「当たり前だろう」と突き放すようにひと言、告げるだけで。

――そう、あれは、そんな違和感を覚え始めた頃の、初夏の昼下がりのことだ。

「う……！」

がらん、と音を立てて、ブリキの如雨露《じょうろ》が煉瓦《れんが》の地面に転がる。

悲鳴を上げる間もなかった。ルスランは学院の花壇を手入れしていたところを狙《ねら》われ、数人の上級生によって温室に連れ込まれた。助けを呼ぶ間も与えられずに口を封じられ、石くれと古い植木鉢《うえきばち》が転がる床に押し倒されたのだ。

「おい、本気でヤッちまうのかよ……」

幾本もの腕に押さえこまれ、抵抗を封じられて制服を乱暴に毟《むし》られながら、ルスランは上級生たちが忙《せわ》しなく交わす言葉を聞いた。

「ここまでやっといて怖《お》じ気《け》づくなよ。ヤるしかねぇだろ。こいつのバージンを奪えるかどうかにいくら賭《か》けたと思ってんだ？　最高級の血統の白馬が一頭買える値段だぜ？」

「で、でもこいつだって一応、伯爵家の御曹司なんだぜ……？」

「大丈夫だって。うちの親父が言うには、元々レオポリート家はクリステナじゃなく、ルキアノス系の血筋で、宮廷じゃあんまり信用されてねぇ上に、こいつの母親は野蛮《やばん》な東方のメス猿だしな。もみ消しなんざどうにでもなるさ」

「だからってこんなこと——ほ、本当に目こぼししてもらえるのか？」

「ごちゃごちゃうるせえな。怖じ気づいちまったんならそこで指咥《くわ》えて見物してろ！」

仲間のひとりをそう怒鳴《どな》りつけて、一番巨漢の上級生が、丸裸にしたルスランの両脚を乱暴に左右に押し開く。

——助けて……！

ハンカチを詰め込まれた口で、声にもならない叫びを、ルスランは放った。

——助けて、……！　助けて……！

その時、温室のガラス壁が強引に破られる音が響いた。

飛び散るガラスが、真冬の凍った水蒸気のように光る。

見れば植木鉢を手にしたユーリーが、悪鬼《あっき》の形相《ぎょうそう》でガラス壁を打ち壊していた。破片で手や顔を傷つけることも厭《いと》わず、彼はその作業を幾度も続け、ついには、自身の体を潜《もぐ》り込ませられるだけの大きさの穴を、そこに穿《うが》ってしまった。

「て、てめ……！」

その時、巨体ぞろいの上級生たちが一斉に身を退《ひ》いたのは、ガラス穴をくぐってきたユーリーが、ほとんど無表情のまま、短剣ほどもある尖《とが》ったガラス片を拾い上げたからだ。

「——殺してやる」

それを斜めに構えつつ、灰色の目の瞳孔《どうこう》を虚《うつ》ろに開いたユーリーは、ぼそりと呟いた。

「ルスランを傷つける奴は——全員、この手で地獄へ送ってやる……」

明らかに、正気の目ではなかった。

そしてその声は、彼の助けを切望していたはずのルスランですら、肌を粟立《あわだ》てるほど怖ろしい響きを持っていた。

「へ、へ、へっ、こけ脅しだ！」

怯《おび》えからの震えを押し殺しながら、上級生のひとりが蛮勇《ばんゆう》を奮い起こして叫ぶ。

「いくらこいつが軍人の家の跡取りでも、そう簡単に人殺しなんざできる度胸が、あるわけ――」

だが余計な長広舌《ちょうこうぜつ》を振るった悪童は、次の瞬間、迸《ほとばし》るような絶叫を放つことになった。

「――ッ……！」

その時、もし口を塞がれていなければ、一番大きな叫び声を上げていたのは、ルスランだっただろう。

ガラス片の煌めき、飛び散る血、失った右耳のあたりを押さえて転げまわる上級生――。

だがルスランにとって何より怖ろしかったのは、血濡れたガラス片を手に、平然と立っているユーリーの姿だった。その顔には、大変なことをしでかしたという悔いも動揺もなく、ただルスランを傷つけようとした者に復讐《ふくしゅう》を果たした満足の微笑《びしょう》だけが張りついていた。

「次はどいつだ？」

ユーリーはガラス片をぎらりと翳《かざ》して告げた。

「どこを斬られるのがいい？　顔か？　目か？　それとも鼻を削いでやろうか？　いやいっそ、その性質《タチ》の悪い股倉《またぐら》のモノを切り落として、犬にでも――」

「に、逃げろ！」

上級生のひとりが、仲間を促した。

「こいつ、まともじゃねぇ！　本当に殺されるぞ！」

悪童どもは悲鳴を上げ、耳を失った仲間を引きずりながら逃げ出した。

彼らを追わず、その場に立ち尽くしているユーリーを、ルスランは地面に裸で転がされたまま、じっと凝視する。

――ユーリー……。

ルスランが、この幼なじみの為人《ひととなり》に、何か違和感を感じ始めたのは、この時が最初だった。

本来ならば、助けてもらったことを素直に感謝すべきだろう。

そして親愛と尊敬の情をいっそう深めるはずだ。

それなのに、ルスランはこの時、この幼なじみに、何か怖ろしいものを――常軌《じょうき》を逸《いっ》したものを感じてしまったのだ。

――こいつ、まともじゃねぇ……！

上級生たちの逃げ際《ぎわ》の悲鳴が、ルスランの耳に蘇る。

――本当に殺されるぞ……！

「……ルスラン……？」

束縛《そくばく》を解かれた親友の、自分を見つめる表情に、ユーリーが不審《ふしん》げに目を眇《すが》める。

「どうしてそんな怯えた目で俺を見る――？　俺はお前を傷つけようとした輩に罰をくれただけだ」

何の罪悪感もない声に、ルスランはうろたえる。

「だ、だからって何も、あそこまでしなくても……！」

まだ生々しい血の匂いが、ユーリーの体から漂ってくる。それなのに親友は、平気な顔をしている。

「ルスラン」

返り血を浴びた顔。ゆっくりと、一度瞬《まばた》きした灰色の瞳。その眼光に、ルスランは慄然《りつぜん》とした。

そこには、地獄へ通じる穴のように、昏い何かが宿っていたのだ。

「憶えておけ、俺はお前を守るためなら何でもする。たとえその結果、お前に怯えられ、忌避《きひ》されようともな」

「ユーリー……」

「憶えておけ、ルスラン」

親友は、脱がされた衣服をルスランに着せかけてやりながら、昏い眼光で告げた。

「俺は本気だ」


それが、それまでほとんど一心同体だったふたりの間に生じた、最初のすれ違いだった――。


そして奇《く》しくも、時を同じくして、ふたりの父親の間にも異変が起こっていた。

きっかけは、時のクリステナ皇帝が東方地域への軍事介入を活発化させようと考え始めたことだったようだ。それまでは辺境の野蛮国と侮《あなど》っていたヒムカが、この頃急速に力をつけ、それまでクリステナの勢力圏だった地方へ進出してきたことが、宮廷の軍事的強硬派を刺激したらしい。

だが当然、ヒムカ人の妻を持つルスランの父はそれに反発する。

「ジーマ、君も宮廷の人々も、クリステナは軍事力を偏重《へんちょう》しすぎる。どこの国が相手であれ、目障《めざわ》りだからと言っていきなり武力に訴えてよいはずがない。それにヒムカの人々は誇り高い文明人だ。端《はな》から力で言うことを聞かせようなんて態度を取られたら、怒り狂うに決まっている。それに国と国との間に問題が生ずるたびに軍隊を動かすようなやり方は、いつか必ず破綻《はたん》する。戦争ほど国財を浪費するものはないからね」

しかし皇帝に対する忠義の篤さでもって鳴るユーリーの父は、それをにべもなく跳ねつけた。

「イリヤ、お前こそ我が軍と皇帝陛下の威光を侮っていやしないか。あのような卑小《ひしょう》な国など、わしがこの軍靴で一蹴《いっしゅう》してくれるわ。その程度の気概《きがい》すらないなど、さてはあの野蛮人の女に骨抜きにされて、クリステナ人としてのプライドを忘れたか」

この言葉には、さすがの父も怒って席を蹴ったらしい。そして決然と告げた。

「ジーマ、いくら君でも妻を悪罵《あくば》するのは許さない。サヨコはわたしの大切な伴侶《はんりょ》で、このレオポリート家の女主人だ。今の言葉は取り消してくれ。そうでなければ、わたしたちの友情はこれまでだ」

「イリヤ……」

将軍は絶句し、だが決して友の妻への罵倒を取り消そうとはしなかった。その日、帰宅した父の失意に沈んだ顔を、ルスランは今も憶えている。

それだけで済めば、まだ古い友情の決裂だけで終わったのだろう。

悪いことに、以前からあまり宮廷での心証が良くなかったルスランの父、イリヤ・レオポリート伯爵の周辺には、クレオメネス将軍との仲違《なかたが》いをきっかけに、不穏《ふおん》な噂《うわさ》が流されるようになったのだ。

——ヒムカびいきのレオポリート伯は、クリステナ帝国と皇帝陛下に対し異心を抱いているようだ。

――ふむ、まああの家はあれだからな。元々クリステナ人ではなく、三〇〇年前、我が国に滅《ほろ》ぼされたルキアノス公国系の血筋だからな……。

――これまでもあのあたりの独立運動家との繋《つな》がりを噂されてきたが、いよいよ……。

これまであまり問題にされることのなかったレオポリート家の、亡国の血筋がにわかに不信を招き始めたのだ。いずれあの家は皇帝陛下に背《そむ》き奉《たてまつ》るつもりではないか――と。

そんなかつての友に、ジーマ・クレオメネス将軍は、「最後の友情」として、ある忠告を行った。

「ヒムカ人の妻を離縁せよ。そして改めてクリステナ貴族として皇帝陛下に忠誠を誓うのだ。そうすればまた、我らも友としてやり直せるだろう。イリヤ、どうかそうしてくれ。頼む……」

ルスランの父は、寂しく苦笑してそれを謝絶したという。

「ジーマ、忠告をありがとう。でもすまない。レオポリート家にとってルキアノス系の血は誇りだし、わたしは妻を捨てて君との友情を選ぶこともできない。この体に流れる古い亡国の血と、サヨコとルスランは、わたしの命そのものなんだ……」

ルスランの父は、ふたりの男の関係の終焉《しゅうえん》を、そうして最終的に宣言したつもりだったのだろう。

だが長年の友に捨てられたユーリーの父は、それを受け入れることができなかったようだ。

破綻は、ある日突然訪れた。

友情の決裂から半年後の冬のさ中、ヒムカ人であるルスランの母に、秘密警察から出頭命令が下ったのだ。

容疑はヒムカ国からの密命を帯びての工作・諜報《ちょうほう》活動。

告発者はクレオメネス将軍。

クリステナは栄光ある大帝国だが、反面因習的で社会に巣喰う闇も深かった。中でもクリステナ帝国の秘密警察は、皇帝の敵をありとあらゆる手段で弾圧し、その強大な権力を裏から支える悪名高き存在だった。捕縛《ほばく》されれば、容赦のない「尋問」を受けて「自白」させられ、おそらく二度と帰って来れない。

クレオメネス将軍は、無実の女性に罪を着せてまで、ルスランの父とその妻との縁を切らせようとしたのだ。

友を心変わりさせ、自分から遠ざけた異国の女が、それほど憎かったのか。それとも、ヒムカ国への敵対心から、案外本気で、ルスランの母をスパイだと思い込んでいたのか——。

ルスランはその知らせを聞いた瞬間の父の顔を、忘れることができない。

身近な人間に、もっとも手痛い形で裏切られた瞬間、人はまったくの無表情になるのだと、この時初めて知ったのだから——。

「ち、父上——」

その頃、学院を卒業し、医学を学ぶべく他国の大学への留学を決めていたルスランは、立ち尽くす父に、そろそろと問いかけた。

「——ああ、ルスラン」

雪の降り積む窓辺で、長い茫然自失からやっと立ち直ったイリヤ・レオポリート伯爵は、クリステナとヒムカ双方の血を引くひとり息子を、穏やかに見つめた。

「ルスラン、残念だが――わたしたち一家は、この国に居場所を失ったようだ」

「では、どこかに亡命するのですか……？」

「そうだね」

父は不思議なほどのやさしい顔で、にこりと笑った。

「代々、この国で築き上げてきた何もかもを捨ててゆくのは、本当に寂しいことだけれど――お前とサヨコの命には代えられないものね」

「では、すぐに準備をいたします」

「うん、そうしようね」

一家の破滅が懸かる事態だというのに、父はどこか反応が薄かった。

自らも荷造りをしながら、呑気《のんき》に「お前もこれで、ユーリーとはもう会えなくなるねぇ」などと言い、ため息をつく父を、ルスランは不気味に思ったものだ。父上は親友に裏切られた衝撃で、どこかおかしくなってしまったのではないか――と。

――今思えば、聡明だった父は、おそらくどこへ逃げようとも、自分たちは破滅を免《まぬが》れないだろう、と悟っていたのかもしれない。

実際、レオポリート家の逃亡よりも、秘密警察の動きのほうが速かった。ルスランの父と母、そしてルスランの三人は、国境の駅で汽車を乗り換えようとしたところを捕まり――あっさりと帝都に連れ戻されたのだ。

そして父は、秘密警察に連行された。

――後に知ったことだが、この時父は、ヒムカ人の妻の逮捕を避けるために、やってもいないスパイ罪を「自白」したのだそうだ。

つまりヒムカのスパイだったのは、妻ではなく、自分のほうだと言い張ったのだ。すべては自分がひとりでやったことで、妻子には、何の罪科《つみとが》もないと。

クリステナのような専制国家では、その「自白」だけで充分だった。簡略で一方的な裁判の後、ルスランの父は――イリヤ・レオポリートは、大逆罪により、爵位剥奪《はくだつ》の上で銃殺刑を宣告された。

そして、あの日――。

(……ッ)

ルスランは一〇年経った今も、あの日の光景を思い出すだけで腹が煮えるような怒りと憎悪に苛《さいな》まれる。

(あの日の……あの夜も、こんな吹雪の夜だった……)

雪粒の激しく吹きつける窓辺。ルスランと母サヨコは、ソファの上で身を寄せ合い、互いに固く抱き合って、じっと無言のまま、荒れ狂う吹雪の音を聞いていた。

母子はこの時、夫であり父であるイリヤ・レオポリートの遺体の到着を待っていたのだ。

「ああ、神さま――どうか我が夫を、天国へお導き下さい……そしてわたくしには罰を」

母はルスランの栗色の髪に口づけながら、涙ながらに呟いた。

「わたくしが、この国に嫁《とつ》いでさえ来なければ、夫は死なずに済んだのです……」

「母上――」

母の胸に強く抱かれながら、ルスランはまだ現実を呑み込みきれず、どこか茫然としていた。本当に、父は銃殺されてしまったのだろうか。このしとやかでか細い無力な母を、自分はこれから、どうやって守っていけばよいのだろうか——。

「おお、ルスラン」

やがて、母は泣き止むと同時に告げた。

「よくお聞き。母はここから、永久に去ると心を決めました」

「母上……？」

「酷《むご》いことですが、あなたもこの母と共に来なければなりません。誇り高きレオポリート伯爵の子として、覚悟をお決めなさい、ルスラン」

それは、生きてゆく場所としてのクリステナを捨てるということだろうか——と、ルスランは思った。無論事態がここまで悪化した以上、それは致し方のないことではあったが、母は故国の家族との縁を切って父のもとに嫁いで来たと聞く。今さら戻る国など、自分たち母子にあるのだろうか——。

「許して、ルスラン」

母の思い詰めた声が、そんなルスランの耳元で囁いた。

「許して——」

その時——。

バァン……と銃声が響き、突然、母の腕が、ルスランの体からもぎ取られるように離れた。

吹っ飛ぶように、ソファから床に倒れた母が、「ご、ふ……」と苦しげに咳《せ》き込む。

幾重《いくえ》ものレースと翡翠《ひすい》のブローチで飾られた華奢なデコルテから、穴のあいた水道管のように血が噴《ふ》き出している。

「は……はは、うえ……？」

ルスランは何が起こったのか、とっさに理解できなかった。

「母上っ？」

ようやく、苦悶《くもん》する母のそばに膝を突いて身を屈めた時、きぃ……と、ガラス戸が開く音がした。

吹き込む雪交じりの風に翻る、白金色《プラチナブロンド》の髪。灰色の瞳――。

そこには、硝煙《しょうえん》を立てる拳銃を手にしたユーリー・クレオメネスの姿があった。良家の子息であることを示す、ふっさりと厚い黒貂《セーブル》の外套《コート》の下に、前年に入学した士官学校の制服を身に着け、すでに一端《いっぱし》の軍人の風格を漂わせている。

「ユー……リー……？」

茫然と目を瞠るルスランを無視し、ユーリーは部屋に入ってくる。そしてソファを回り込み、レオポリート伯爵夫人サヨコのそばに立った。

かちゃり……と再び、拳銃を構える音。

「ユーリー！」

ルスランが親友の意図を察し、やめろ！　と叫びかけた瞬間、ユーリーは引き金を引いた。

止める間もなく、響く銃声――。

母の体が、びくっ、と一瞬痙攣《けいれん》し、かくりと脱力する。

「ユー……リー……」

親友が母にとどめを刺したのだと悟り、ルスランは震えながら友の長身を見上げた。

「……ガラス戸越しでは、一撃で即死させられなかった」

平坦で感情の籠《こ》もらない声で、ユーリーは呟き、そして瞑目する。

「お許し下さい伯爵夫人。恩義あるあなたに、無用の苦しみを与えてしまった――」

「ユーリー！」

ルスランは、ついに叫んだ。

「どうして――どうして、こんなことを！　どうして母を！」

「……」

「答えろユーリー！　ぼくの母は君にとっても育ての母だったじゃないか！　それを――それを、どうして殺した！　どうしてだ！　どうして！」

ユーリーに摑みかかるルスランの叫びが響く部屋に、どやどやと数人――いや、十数人もの男たちが押し入ってきた。全員、屈強な体つきながら身なりは貧しく、不潔で、煤に汚れた顔には無頼漢《ぶらいかん》を決め込んだ不敵さがある。

「クレオメネスの坊ちゃん、じゃあ、始めてよろしいですな？」

「ああ――頼む」

「心得ました――おいお前ぇら、ちゃっちゃと済ますぞ。くれぐれも途中で官憲に気づかれるようなドジ踏むんじゃねぇぞ」

「へいっ！」

号令一下、男たちが屋敷中に散っていく。ルスランが茫然と見つめる前で、彼らは部屋中の家具調度、壁の絵画、その他装飾品を、当たるを幸い、片端から運び出して行った。

「何――何をするんだおい、よせ！　それは父上が生まれた記念におじい様が作らせた仕掛け時計……そっちはおばあ様が嫁いで来られる時、ご実家から持参された――！」

無頼漢たちに摑みかかろうとするルスランの腕を、ユーリーが摑む。

「お前はこちらだ、ルスラン」

ぐいと強い力で引かれ、無理矢理に立ち上がらされる。母の屍《しかばね》から引き離されかけて、ルスランは身を捩じって抵抗した。

「よせ、やめろユーリー……！　君は何を……何をする気だ！」

「――明日になれば、レオポリート家の財産は、金貨一枚に至るまですべて国家に没収される」

ルスランを引きずり上げるように立たせながら、ユーリーは告げた。

「つまり明日の朝までなら、金目のもんを摑み取り放題ってわけでさ、レオポリートの坊ちゃん」

無頼漢のひとりが得意顔でひひひと笑い、ボスらしき別の男から後頭部に拳骨《げんこつ》を喰らった。「さっさとやれ」と叱責《しっせき》されて、「へぇい」とすごすご作業に戻る。

「そんな……ま、まさか――！」

ルスランは無頼漢たちが蹂躙《じゅうりん》する居間から引きずり出されながら、親友の物言わぬ横顔を凝視する。

「ユーリー、嘘《うそ》だろう……？　君は――君はレオポリート家の家財を売り飛ばして、金に換《か》えるつもりなのか？」

「――ああ」

ルスランは、大きく息を呑む。

「ユーリー！」

「君は――君は……」

絶句し、すんなりと言葉が出てこない。

「君は……君までが、ぼくを――レオポリート家を裏切ったのかっ？　長年の友でありながら、父を破滅させたクレオメネス将軍のように！」

「……父が破滅させたかったのはお前の母だけだ。レオポリート伯爵を害するつもりなど、父には……」

自身の父親を擁護《ようご》しかけて、突然、ユーリーは口を噤《つぐ》んだ。その後はひと言もしゃべろうとせず、ルスランを寝室に押し込む。

突き放されて寝台に投げ出され、入口のドアをばたり……と閉められる。鍵を掛けられる音と共に、ルスランは改めてこの寡黙な幼なじみと顔を突き合わせることになった。

ルスランの寝室は奥まった場所にあり、無頼漢たちが屋敷を荒らす音は、ここまでは届かない。

ただ吹雪の音だけが、ひゅぅぅ……と響く。

「それで……」

ルスランは小さな、だが気丈《きじょう》な声で尋ねる。

「君は――ぼくも殺すつもりなのか、ユーリー……？」

もう、呑み込まざるを得なかった。この親友が裏切り、長年の友情を捨てたのだという冷酷な事実を。

「母上をそうしたように、ぼくも邪魔者として消すつもりなのか――？」

心の中で覚悟を決めつつ、ユーリーを睨みつける。すると幼なじみは奇妙に虚ろな表情で、軍帽を脱いだ。

「いいや――犯す」

「え、っ……」

あまりにも予想外の答えに、ルスランは思わず目を瞠る。

――何を言っているんだ……？

そんな親友の前で、ユーリー・クレオメネスは上着の前ボタンを外した。

「お前を抱くと言っているんだ、ルスラン・レオポリート」

ばさりと脱いだ上着の下は、シャツの生地を押し返すような張り詰めた体だった。いつの間に――とルスランは唖然《あぜん》とする。元々体格差はあったが、同い年の幼なじみは、いつの間にかルスランをはるかに圧倒する成熟した男へと変貌を遂《と》げていたのだ。

「抵抗するなよ、ルスラン」

そうして、どさ……と音がして、背が褥《しとね》に押しつけられるその瞬間まで、ルスランは茫然としたまま、ユーリーの無体を許してしまったのだ。

「今夜だけだ」

掻き口説《くど》くような声。

「今夜一晩だけだ、ルスラン。今夜だけ耐えてくれ。そうすれば……俺はお前を――」

「ユー……」

本気なのか――？ と問おうとした唇を、塞がれた。

「ふ……」

舌が、絡みついてくる。

――ルスランは後年、この瞬間をずっと後悔し続けた。あの時、舌を噛み切ってやればよかった――と。

「ぷ、は……」

意図的に、つ……と糸を引くように舌を引き出されて、ルスランはぞくりと肌を粟立てた。これほど濃密なキスは、それまで誰とも経験がなかった。それを、よりによってこの、母を殺した卑劣な男に奪われるなんて――。

「あ、うっ！」

悲鳴じみた声が上がったのは、ウエストから滑り込んだ手に性器を鷲摑《わしづか》みにされたからだ。そのまま絶妙な力でしごかれ、先端を指の腹で円《まる》く揉まれる。

ねちゃ……と、淫靡《いんび》な音。

「――もう濡れてきた」

ひそり、と囁かれて、唇を噛んで顔を逸らす。

「い、やだ……！　ユーリー……！」

「うぶだな」

嬉しげな声。濡れた舌先に、耳朶《じだ》をなぶられる感触——。

「今まで、男どもの毒牙《どくが》から守ってきてやった甲斐《かい》があった」

「——ッ……」

その言葉は、ルスランの心を深く傷つけた。では、この男は最初からこれが目当てだったのか。あれほど熱心にルスランを男どもの魔手から守ってくれたのは、いずれこうして、自分のものにするつもりだったからか——。

（そんな——……）

ルスランは、愕然と目を瞠って親友の顔を見る。

「——俺のものだ、ルスラン、お前は、俺の……」

陶然《とうぜん》と呟く唇。男の体の重み。間近で感じる息遣《いきづか》い。焼けつくような体温。片手で易々と、ルスランの両手首を縛《いまし》める強靭《きょうじん》な筋力——。

そこには、あの日、あの温室で、血に濡れたガラス片のナイフを握りしめた男の、狂気に満ちた目が昏く光っていた。

地獄へと続く洞穴のようなそれに、思わず息が止まる。

いつしかルスランは胸元をはだけられ、下腹部までを露出させられた姿で、なす術もなくユーリーの愛撫に感じ、喘《あえ》いでいた。こんな裏切り者に――母の仇に――と憎しみの力を借りて理性にしがみつこうとしても、乳首に口づけられるたびに、腹筋を舐《な》め降ろされるたびに、ようやくの思いで這《は》い上がった薄氷が次々と割れてゆくように、ほの昏く背徳的な世界へ引きずり込まれてゆく――。

「ひ、っ……！」

悲鳴が上がったのは、ユーリーがルスランの体の上をずり下がり、股間で痛いほど屹立《きつりつ》している性器を、ためらいもなく口に含んだからだ。

「……ユー……！　リー……！」

震える手を伸ばして、股間にまとわりつく白金色《プラチナブロンド》の髪を摑む。だが毟り取る勢いで力を込めても、ユーリーは淫靡すぎる愛撫を止めない。

「う、っ……！　うあっ、や、やめ……！　やめろぉっ……！　ユーリー、ユーリー……！」

拒むのは、だが言葉だけだった。ルスランは褥に転がったまま腰を揺らし、迫りくる快楽への期待に腹を波打たせ、背を反らせて吐精《とせい》に必要な昂揚《こうよう》を求めた。

するとそれに応じるかのように、ユーリーが口を離した。

「これだけでは、まだイケないか――？」

呟くなり、ぴちゃり……と自らの指を舐める。

「あ……っ」

尻の狭間にぬめった指が入り込む感覚に、ルスランはびくりと震えた。

これまで、数々の悪童どもに標的にされてきたルスランには、余計な知識があった。本来は排泄口《はいせつこう》であるそこの奥には、男を淫婦にしてしまう悪魔の壺があるのだ――。

「あ、ああっ……」

ずっ……とめり込む指。同時に前への愛撫も再開されて、痛みと快楽の両方に腰が悶《もだ》えた。

「ユー……リー……！」

どうして、と混乱する頭の端で考える。どうして、どうしてこんなことに……？

どうして、こんなことになったのだろう。ほんの数ヶ月前――いや数日前まで、やさしい父母と裕福な家と、誠実な親友に恵まれて、平穏に、だけど幸せに暮らしていたのに――。

「ど……して……」

頬骨の上に自分の涙の熱さを感じた瞬間だった。

びくん、と腰が跳ねる。

「ア、ッ……………！」

「アッ……！　ア、アアアッ……！」

肉と粘膜《ねんまく》の奥深くに秘めた筋を、男の指に弾《はじ》かれる。突き上げられ、摩擦《まさつ》されて、たちまち理性と尊厳が砕け散る。

「ユーリー…………！」

その瞬間、友の名を叫んだのは、情けを乞うたのでも、罵倒をしたのでもない。

かけがえのない人が、遠く遠く、手の届かないところへ消えてゆく。その後ろ姿に呼びかけたのだ。

――やめてくれ、行かないでくれ、ユーリー……。

こんなのは嫌《いや》だ。君が友ではなく、敵になってゆく。大好きな君が、友ではなく、ぼくを踏みにじる憎い敵になってゆく……！

白い精花が散る。

口元を手の甲で拭ったユーリーが、上半身を起こした。

両脚を抱え上げられる動きを感じて、ルスランは蚊《か》の鳴くような声を上げる。

「や……めろ、ユー……リー……」

それでも友が男の仕草を止めず、自身の逸物《いちもつ》を下衣《かい》から取り出した瞬間、ルスランの目からあふれる涙は止まらなくなった。

「お……ねが、いだ……。それは……それだけはやめてくれ――……」

「……」

その声の哀れさに、さすがに何か感じるものがあったのか、ユーリーは自分の性器に手を添えたまま、ためらうように動きを止めている。

「きみ……が、それを――挿入をしてしまったら……ぼくは舌を噛む……」

この真実の兄弟よりも睦《むつ》まじかった男と、獣のように淫《みだ》らに番《つが》うさまを想像して、ルスランは絶望感に駆られた。挿入されて射精され、女にされて、すべてを奪い尽くされる瞬間を想像するだけで、死にたくなる――。

「ルスラン……」

愕然とする声。

「君にそんなことをされてしまったら……ぼくは生きてはいられない……。たとえ自害の罪で地獄に堕《お》ちようとも、それだけは――それだけは拒んでみせる……！」

「ルスラン……っ……！」

「ぼくは本気だ――ユーリ……」

君になど、死んでも抱かれない――と告げるルスランを睨み、男が唸る。

「ルスラ……！　う……う、うおおっ……！」

狼のような声で――。

やがて……。

首の周りに、男の手が掛かるのを、ルスランは感じた。

――ああ。

そのまま、ぐっ……と力を込められるのを、大人しく受け入れる。

――父上と母上のところに、送られるのか……。

「ルスラン、ルスラン……っ」

名を連呼される声が、その悪夢のような夜の、最後の記憶になった――。

◇　◇

(――それから、ぼくは……)

ルスランは回想の最後にたどり着く。

意識が戻った時、ルスランはひとり、鉄路をひた走る外国行きの汽車の、コンパートメントの中にいた。

車窓《しゃそう》の外は、霧《きり》がかった朝焼けの光景だった。すでにクリステナ国境を越えていることが、線路脇の表示からわかる。

「……何……？　どう、なった……？」

身をもたせかけていた座席から立ち上がろうとし、だが萎《な》えた足に力が入らず、均衡《バランス》を崩して転ぶ。

その拍子に、ポケットの中から幾枚かの金貨が転がり出た。

「──ッ」

澄んだ音を立てて散らばるそれは、絹のハンカチに包まれていたらしい。床に這ったまま、絹地の端に綴《つづ》られた刺繍《ししゅう》の文字を見て、ルスランは凍りつく。

──ユーリー・クレオメネス……。

ハンカチには他に、この国際列車の終着駅までの切符と、その国にあるヒムカ国公使館の住所と連絡先が記《しる》された紙切れが包まれてあった。トランクひとつにまとめられた荷物には、目的地までに必要な最低限の衣類や旅行用品が、コンパクトに詰め込まれている。軍隊式のやり方だ。

（せめてものお情け──というわけか……）

ルスランは──一服盛られたらしい薬物の影響で、まだ少しぼんやりとしていたからでもあるだろうが──不思議に、強い怒りも悲しみも湧《わ》かなかった。

はっきりと理解できたのは、親友だと信じていた男に母親を殺され、家財の大部分を略取《りゃくしゅ》され、端た金ひと摑みを持たされて故国から追い払われたことと――。

そして、心の中に深く深く刻まれた傷の痛みだけだ。

――ずっと……お前を狙う男どもの毒牙から守ってきてやった甲斐があった……。

ルスランは思った。ユーリーも……彼すらも、あの下卑《げび》た男たちと、性根《しょうね》は同じだったのか。誠実な友として常に寄り添いながら、心の中では、ルスランを踏みにじり、この体を弄《もてあそ》びたいと考えていたのか――。

「許……せない」

怒りに震える呟きが零れる。

長年の友でありながら、陰謀《いんぼう》を巡らし、父を処刑に追い込んだ彼の父親のこと。

目の前で母を殺されたこと。

家財を略奪されたこと。どれもこれも、到底許せない裏切りだ――。

(いいや――金のことはいい。財産など、一銭残らずくれてやる)

はたはたと涙を落としながら、ルスランはハンカチを握りしめる。

(だけど――だけど、お前がぼくを穢《けが》そうとしたことは……)

未来永劫《えいごう》、許すことはないだろう。

そしてこれきり二度と、会うことはない――。

疾走する汽車の窓に手を突いて、ルスランはよろりと立ち上がる。

「ぼくは……クリステナを捨てるんだ……」

お情けで逃がされたのではない。罪を着て追われるのでもない。自分の意思で国を捨てるのだ――。今日限り自分は、故国と、そこで生きてきた日々を捨てる。兄弟のように、共に育ってきた友を捨てる。幻《まぼろし》でしかなかった友情の思い出を、すべて捨てる……。

そしてまったく新しい、別の人間として生き直し、その人生で成功してみせる――。

ルスランは汽車の窓を持ち上げた。朝もや交じりの冷たい空気が流れ込む。

「さよなら、ユーリー」

そしてその窓から、友の名が綴られたハンカチを、寒風の中へ投げ捨てた。

◇　◇

くんくん、と間近で匂いを嗅がれている気配がする。

ふっ、と目を開けると、目の前に漆黒のむくむくした毛並みと、同じ色の濡れた鼻先があった。

「うわっ」と驚いて飛び起きた拍子に、軍用寝台ががたりと動く。

ルスランの驚きように逆に驚いたのか、犬が身を引いたように見えた。「ベオ」と静かに叱る声がしたのは、部屋の扉の方角だ。

「捕虜を驚かせるなと言ったろう」

「……クゥーン」

でもぉ……と甘えるような鼻声に、男の呆《あき》れ声が重なる。

「自分がどうして軍からお払い箱にされたのか、まだわかっていないのかお前は。俺が引き取らなければ、今頃凍土《とうど》の森林地帯で虎か熊狩りに駆り出されて、とっくに命を落としていたんだぞ」

厳格な口調で犬を項垂れさせたのは、無論、この極寒の砦の主《あるじ》だった。手に湯気を立てる食事のトレイを持っている。パンにスープに、ゆで卵がひとつ。ジャガイモを焼いてバターを載せ、干し肉を添えたもの。そして場違いに優美な陶器《とうき》のカップに満たされた、熱いコーヒー。

「……犬を叱るな」

ルスランはその匂いを嗅いで、空腹感を覚えながら苦言する。回想に耽《ふけ》りながら、いつしか眠ってしまったようで、服も昨夜《ゆうべ》のままだ。

「自分のテリトリーに新顔が増えて、好奇心が刺激されたんだろう。犬の本能だ。仕方がない」

「……こいつは血統の正しさと嗅覚《きゅうかく》の鋭さは並外れているのだが」

そう言って、ユーリーは犬の黒い頭を撫《な》でる。

「好奇心と人懐こさが少しばかり過剰でな。軍用犬としては難がありすぎると判断されて、軍から辺境の毛皮業者に猟犬として払い下げられるところだったんだ」

「……」

それをこの男が見かねて引き取った、ということだろうか……と考えて、ルスランはそれを即座に否定した。この冷血な男に、そんなやさしさがあるものか。何をやらかしたか知らないが、左遷の際の餞別《せんべつ》として、押しつけられたに決まっている――。

「糧秣《りょうまつ》が一食分、無駄になったな」

ため息交じりに告げられて、何のことだと目をやれば、テーブルの上にはすでに冷めた食事がひとそろい並べられていた。ルスランが眠っている間に、サーシャかこの男が運んできたのだろう。だが泥のように疲れていたルスランは、眠り込んだまま目覚めなかった……。

「……ハンストをしたわけじゃないぞ」

昨日《きのう》、部屋を去り際にこの男が告げたことを踏まえつつ、ルスランは弁明した。そして、あっ……と思い出す。

「キサラギ大尉は……？ 銃創の縫合《ほうごう》はしたのか？ 食事は、ちゃんと摂《と》らせたのか？」

「……」

不機嫌な顔で黙り込むユーリーに、ルスランは立ち上がって詰め寄った。

「答えろ！ 彼は療養の必要な病身なんだ。まさか傷口の消毒もしないような荒っぽい手当てをしたんじゃないだろうな？ ちゃんと……」

「……またあの男か」

遮《さえぎ》るように、ユーリーが低い声で呻る。

「自分も虜囚《りょしゅう》の身だというのに、まずあの男の身の心配か」

「――彼はぼくの患者だ」

まっすぐに男の目を見て、ルスランは告げる。

「いついかなる時も、患者の身を真っ先に心配しない医師など、医師失格だ。お前はぼくと彼が特殊関係にあると疑っているようだが、ぼくはただ――」

「あの男も同じことを言っていた」

ユーリーは斜めに傾いた視線を投げつけてくる。

「自分とイセヤ軍医とは、ただの患者と医師で、特殊な関係にあるわけではないと」

「……」

「それにしては、職業軍人たる身で軍に叛逆《はんぎゃく》してまでお前を連れて逃げるとは――患者として、命の恩義があるにしても、随分な入れ込みようだ」

「……大尉を尋問したのか？」

ひどいことをしたのではないだろうな、と視線を険しくするルスランにも、ユーリーの灰色の瞳は揺るがない。

「投降者に行う通常の尋問をしただけだ。無理強《じ》いはしていない。諜報活動目的の偽投降という可能性を排除しなくては、こちらも扱いに困る」

上に報告も必要だしな……と、謹厳な軍人の顔を見せて、ユーリーは告げる。

「奴から逃亡の理由を聞いたぞ。庇ってほしければ抱かせろと迫る将官に肘鉄《ひじてつ》を食わせたのを逆恨《さかうら》みされて、スパイの濡れ衣で銃殺されるところだったそうだな。冤罪《えんざい》なのは皆がわかっていたが、半分はクリステナ人であるお前をあえて庇う者は、自分以外誰もいなかったと」

ため息交じりの口調は、暴露《ばくろ》されたヒムカ軍の腐敗した内情に呆れている――というよりも、その中で上手く立ち回れなかったルスランを責めているような響きがある。

「性質《タチ》の悪い男に目をつけられやすいのは、相変わらずだ」

ルスランはカッと頭に血が上るのを感じた。よくも他人事のように——！

「お前がそれを言うな！　ユーリー・クレオメネス！　お前こそ昔、ぼくに——ぼくにあんなことをしておいて——！」

怒鳴る声に、ベオがびくん、と反応する。主人であるユーリーに牙剝いたと見なされたのか、ウゥ……と低く唸る体勢になった犬を前に、ルスランはふう、と息を吐いて気を落ち着かせた。この男に逆らうには、今はあまりにも立場が不利だ。

沈黙が降りる。やがて「食べろ」と命じる男に素直に応じ、ルスランはテーブルに着いた。顎《あご》で促されて、匙《さじ》を手に取る。

「……お前がヒムカ軍の軍医になっていたとはな、ルスラン」

スープを飲むルスランを眺めつつ、ユーリーは対面の椅子《いす》に腰かけて足を組む。ベオがその傍《かたわ》らに、尻尾《しっぽ》を振り振り駆け寄って、ふさりと伏せた。

「母親の実家を頼って亡命したことは知っていたが——」

母親、のひと言が男の口から出たことに、ルスランはびくりと肩を震わせる。自分が銃殺した女性のことを、よくも何事もなかったように——と再度憎しみが湧き上がりかけたのを、ようやく自制する。

(今は虜囚の身だ。激昂《げっこう》しても、何もいいことはない。大尉にとっても、ぼくにとっても——)

「……ヒムカでは、どんな暮らしをしていた？」

悠然と足を組み、犬の頭を撫でる男に、ルスランはぼそりと応じる。

「母の実家は――イセヤ家は、代々医者の家だったが、それほど裕福ではなかった」

ぼそぼそしているが、きちんと温めてあるパンを千切《ちぎ》る。サーシャの一途《いちず》そうな顔が目に浮かんだ。

「それに、母は父について国を離れる時、家族とかなり揉めたらしくて……。今さら勘当した娘の産んだ子に戻って来られても、という顔をされて、最低限の衣食しか援助してもらえなかった。それで、祖父の友人に当たる都会の大病院の院長に紹介してもらい、住み込みの書生になった。結局、母の実家には半年といなかった」

「――半年……？」

「それ以来、母方の親族には会っていない……どうかしたか？」

ユーリーが目を瞠っている気配を感じて、ルスランが逆に問う。灰色の瞳の男は「いや……」と言葉を濁《にご》し、視線を逸らせた。犬の頭をやたらに撫でているのは、戸惑いを表わすまいとしているようにも見える。

「それから、どうした？」

「それから――将来、軍医として働くという条件で奨学金をもらって、医学校に進んだ。そして今に至るだ」

「……随分話を端折《はしょ》ったな」

ユーリーは決めつけるように言う。

「その書生にしてくれた院長とやらのところでは、親切にしてもらえたのか？」

「……ッ」

「何かあったんだな」

この男にはお見通しなのだ。ルスランが行く先々で、他人の悪意に翻弄《ほんろう》されがちなことなど——。

「……院長の長女が、ぼくに想いを寄せてきた」

男の容赦ない顔つきに、ルスランは白旗を揚げる形で白状する。

「彼女はまるで餌《えさ》をチラつかせるみたいに、男兄弟のいない自分と結婚すれば、自動的に院長の跡取りになれると言ってぼくを誘惑しようとした。でも一日も早く医者になって自立したかったぼくは、それを断って——」

「また肘鉄と逆恨みのパターンか」

「——そうだ」

その時のことを思い出すと、唇を噛むしかない。長女は求愛を断られた怨《うら》みのあまり、ルスランから無体な扱いを受けたと父親に吹き込んだのだ。彼女の目論見《もくろみ》では、そうすれば父親が「娘に手をつけた責任を取れ」と迫り、ルスランと夫婦になれるはずだったのだろう。だが案に相違して逆上した父親は、ルスランを折檻《せっかん》した挙げ句に無一文で家から叩き出そうとした。

「……もっとも、袋叩きにされるぼくを見て、彼女もすぐに後悔したらしい。ぼくが屋敷の蔵に監禁されている間に、あれは嘘だったからどうか家から叩き出すのはやめてくれと、父親に手を突いて懇願したそうだ」

ユーリーは眉間を険しくした。

「……馬鹿な女だ」

「それで院長も仰天《ぎょうてん》して――償《つぐな》いにと、結構な額のお金を積んで、さぞかし腹に据えかねるだろうが、どうか娘の将来のために穏便《おんびん》に済ませてくれと頭を下げてきた。奨学金が下りるように口利きしたのも院長だ。ぼくはその金を手に、そっと院長の家を離れた」

「……人が好いことだ」

低く這うような声。

「俺なら行きがけの駄賃《だちん》に、そいつらの病院を十字砲火で木端微塵《こっぱみじん》にしてやるがな」

唸るように言った男をルスランは睨み、「それはぼくがお前に言うべきことだ」と告げる。

「忘れたとは言わさないぞ。ユーリー・クレオメネス。お前こそ、ぼくの母の仇じゃないか。本当なら、この手で八つ裂きにしてやりたいところだ――お前と、お前の父親を」

「……」

「だが今のぼくは医者だから……どんなに怨み骨髄《こつずい》の相手でも、人を殺《あや》めることはしない。どんな悪人でも、医者が人の命を奪うわけにはいかないからな」

ルスランの吐露《とろ》に、ユーリーは表情を凍らせたまま、返答しない。撫でる手が止まったことに気づいたのか、ベオが「くぅ?」と不審げに目を上げている。

そのまま長く、男は沈黙していた。この男は何か言いたいことがある時ほど長く黙り込む。外見は成熟した男になっても、幼児の頃からのその癖は消えていないようだった。

「――お前はまだ、隠し事をしている」

その末に、ユーリーはぼそりと言った。

「奴は――キサラギは……キサラギも、お前に気があることを告白したはずだ」

「……ッ」

「図星《ずぼし》か」

男の凜々《りり》しい眉が、急角度で吊り上がった。

「そしてお前も、奴に好かれることがまんざらでも――」

「違……」

「違わない」

灰色の目が、ほの昏く光る。

「奴は、これまでお前に愛情を押しつけてきた輩の中では、一番マシな男のはずだ。想いを告げられて、嫌な気はしなかっただろう」

「……っ」

「でなければ、いくら吹雪の中で温め合うためとはいえ、お前が男と肌を重ねるはずがない」

かぁぁ……と赤面したルスランを、ユーリーは冷たい視線で眺めつつ、告げた。

「やはり当面、会わせることはできんな」

「ユー……！」

立ち上がった拍子に、がたんとテーブルが揺れる。運の悪いことに、倒れたコーヒーカップが、熱い中身をまき散らしながら、ベオの上に落ちかかった。

「あ、っ……！」

とっさに手を出し、カップを受け止めようとしたルスランの手よりも先に、ユーリーの手が空中でそれを払う。

ぱりーん、と澄んだ高い音がした。その瞬間。

軍服に包まれた男のたくましい腕が、ルスランの上半身を抱きすくめる。は、と息を呑んだ時にはすでに、鼻先に吐息がかかる距離に男の顔が迫っていた。

「――――ン……！」

まだスープの味の残る口をいっぱいに覆われ、舌を捩《ね》じ込まれる。

「ン、ンンン……！　ンー！」

鋼《はがね》のような腕の中で懸命に身じろぎ、首を振ってもぎ離そうとしても、男の唇は離れようとしない。そのまま、腰のくびれに手を這わされて、下腹部を密着させられる。

「――！」

布越しの熱く硬い感触。

「ンンッ……！」

ぞくん……と慄《おのの》きが体を走り抜ける。力の差に任せて散々に蹂躙した唇がようやく離れた時、ルスランは息が上がっていた。

「ルスラン」

抱きすくめる腕は離さずに、男が囁く。

「今夜——俺のものになれ」

はっ——と、ルスランは息を呑む。

「ふ、ふざけるな。なぜ——！」

「俺にも軍務があるからな。今すぐここでというわけにはいかないだろう」

ベオの目の前だしな……と真顔で答えられて、ルスランは「違う！」と叫ぶ。

「なぜぼくが、お前なんかと寝なければならないと聞いているんだ！」

裏切り者のお前なんかと——と吐き捨てると、

「——あの男に命の借りがあるのだろう？」

平然と、ユーリーは告げた。

「ならお前は、奴の生殺与奪《せいさつよだつ》権を握る俺の歓心を、進んで買うべきだろうな」

——つまり。

（キサラギ大尉を殺されたくなければ、体を開けと——？）

告げられた瞬間、ルスランは男を殴った。

——拳《こぶし》で。

犬がウォン！　と吼え、牙を剝く。それを「ベオ！」と叱りつけて抑《おさ》えつつ、ユーリーは口元を拭った。唇の端が切れたようだが、憎らしいことに、それほどダメージを受けた様子はない。ルスランにとっては渾身の一撃だったのに。

「——殺しはしないが、殴りはする、というわけか」

うっすらと、だが嘲弄するように笑われて、ルスランは叫んだ。

「卑怯者！」

だが男は、そんな罵倒では小揺るぎもしない。

「少しばかりやさしくしたところで、今さらお前の中の俺の株が上がるわけでもないだろう」

向かい合って言葉で傷つけ合うふたりの男を、ベオが戸惑ったように交互に見ている。

「なら――この機会に、少しでも愉《たの》しませてもらわなくてはな」

「卑怯……者っ……！」

ルスランの全身が怒りに震えた。何が「捕虜を人道的に扱えるか否かには我が軍の名誉が懸かっている」だ。偉そうに従卒に説教を垂れておきながら、自分はその裏で捕虜を凌辱しようというのか。

「何とでも」

男の手が伸びて、顎先を捕らえられる。くい、と上向けられて、正面から目が合った。

「俺も軍に入ってからは色々あって苦労続きでな。こんな辺境の砦に飛ばされて、正直、気が腐っている。愉しみのひとつくらいなくては、やっていられん――」

灰色の目に、自虐のような、嗜虐《しぎゃく》のような光が躍った。

「どうする――？」

俺を拒んで、キサラギの身命《しんめい》と自分の操《みさお》を引き換えにするか、それとも、命を懸けて自分を守ってくれたキサラギを守るか――。

そう問われて、ルスランは怒りに震える体から、徐々に力を抜いた。

目を閉じ、覚悟を決めて唇を開く。

「わ……かった」

――迷うまでもない。キサラギ大尉は自分の患者なのだから……。

「今夜……お前に……」

抱かれてやる――と小さく、弱々しく答えた瞬間、うなじに回り込んできた手に力強く引き寄せられる。

鼻先の距離で、男の灰色の目がほの昏く光る。

「あの男のためならば……か？」

まんまと要求を呑ませながら、苛立《いらだ》った声を上げる男に戸惑う間も与えられず、噛みつくように乱暴に唇を奪われた。

「ん……んぅ……！」

男の唇からは、わずかな血の味と、飢えた野獣のような欲望が伝わってきた。

◇　◇

――ほぼ四六時中、真冬の吹雪に包まれている聖ペトロの砦は常にほの暗く、昼と夜の境界がひどく曖昧《あいまい》だ。

それでなくとも寒冷地仕様で厚い石壁と窓の少ない砦の中にいると、時間の感覚が磨滅《まめつ》してしまう。

（でも……そろそろ……）

ユーリーがやってくるだろう。

推測の根拠はサーシャだ。あのよく働く少年従卒は、つい一時間ほど前、適温の湯を満たしたバケツと着替え、それに清潔なタオルを持ってきて、「これで体をお拭き下さい」と言った。そして三〇分ほどしてまたやってきて、使用済みのバケツとタオル、そして洗濯《せんたく》に回す衣服を回収していった。

――サーシャ、キサラギ大尉にお会いしたかい？

ルスランが問うと、サーシャは微妙に視線を逸らせた顔を向けながら、「はい、一度だけお食事を届けに上がりました」と答えた。少年が捕虜に丁重に接しているらしいことがその口調でわかり、まずは安堵する。

――どんなご様子だった？

「ぼく……じゃなくて、自分、に、こんな辺鄙《へんぴ》な砦で大人にばかり囲まれながら働いて、つらくはないのか、とお尋ねになりました」

少年の生真面目《きまじめ》な報告に、大尉らしい――とルスランは苦笑した。自分もまた、連隊に配属され、彼の容態を診るようになってから、一度ならず「ドクトルこそ、何かつらいことは？」と問い質されたものだ。おそらく、かつては敵国の人間だったことを皆が知っているルスランが、戦争で殺気立った軍人に囲まれて、つらい思いをしていないはずがない――と案じ、何かあれば自分が守ってやらねばならない、と考えてくれていたのだろう。クリステナからの亡命とその後の経緯を話した時も、ハンカチを取り出し鳴咽せんばかりに同情してくれて、逆にルスランのほうが慌てたくらいだ。

サーシャはだが、子供扱いされたことが不満らしく、「ぼく、一人前の軍属なのに……」と口元を尖らせていたが、こんなに健気《けなげ》で働き者の少年が、彼の庇護欲をそそらないはずがない。それがキサラギ・ハルオミという男なのだ。

ひゅおぉぉぉ……と、吹雪の音。

――ドクトル・イセヤ。驚かせることを、どうか許して欲しい。わたしはあなたを、ずっと想ってきた……。

風雪の鳴く音に、男の真摯な声が重なる。

――奴は、これまでお前に愛情を押しつけてきた輩の中では、一番マシな男のはずだ。想いを告げられて、嫌な気はしなかっただろう……。

（そうだな――お前の推察は外れてはいないよ、ユーリー・クレオメネス……）

それは認める、とルスランは瞑目しつつ思った。

あの吹雪の中で口づけし、肌を重ね合った瞬間、ルスランはそのまま雪の中でキサラギと果てる覚悟だった。そうしてもいいと、強く思った。そうして、彼の想いに応えたいと――。

（だって大尉は、ぼくにとって大切な人だから――）

友を失い、父も母もいない今となっては、温かい心を分かち合う、ただひとりの人だ――と、痛いほどの想いを抱く。

（だから……彼のためならば、ぼくは――）

自分に言い聞かせつつも、これから我が身に起こることを思い、ぞくん、と震えた、その時。

コツ、コツ……と規則正しく石段を上る音が聞こえてくる。

ルスランは腰かけていた寝台から立ち上がり、古びた木の扉に歩み寄った。がちゃがちゃ、と古風な鍵を開く音がして、扉を開いた男が、目の前にいるルスランを見て驚く。

「……出迎えがあるとは思っていなかった」

軋む音を立てて扉を閉めながら、ユーリーは呟いた。皮肉ではなく、本当に驚いている証拠に、灰色の目が微動だにせず見開かれている。

ルスランは毅然《きぜん》と顎を上げた。

「逃げ隠れするつもりはない」

「――いい覚悟だ」

ほんの心もち、両端を吊り上げた唇が、そのままルスランの上に被さってくる。

重なる熱さ。ぴちゃり……と濡れた音。

「……う……」

舌をひねり入れられる。薄目を開けて男を見ると、ユーリーは眉を寄せ、目を閉じていた。心なしか、罪の意識に苛まれ、苦悩しているようにも見える。

(まさか……この冷血漢が――)

ふと胸の中で膨《ふく》らんだ感情が何かもわからないうちに、ルスランは口づけを解かれ、男の腕に横抱きに掬《すく》い上げられた。大股に五歩ほどで寝台に運ばれ、とさ……と褥の上に降ろされる。

「本当に、覚悟はできているのだろうな？」

ルスランのシャツの胸元を開けながら、男が問うてくる。

「今夜は、最後まで抱くぞ」

「……ッ」

それが一〇年前の、交合としては未遂《みすい》に終わったあの一件を指していることは、ルスランにもわかる。

「また途中で舌を嚙むなどと言い出すなよ」

「……わかっている」

ルスランが視線を逸らしながら応えると、ユーリーは寝台から離れ、その場で軍服を脱ぎ始めた。

色白の貴婦人のような肌は、北国であるクリステナの特権階級に共通する特徴だ。だが同時に、神話の男神のような厚い胸板と、引き締まった腹筋をも持ち合わせている。衣服を脱ぎ捨て、立ち上がった裸身は、まるで古代に刻まれた大理石《だいりせき》の彫像のようだ。

――何て、雄々《おお》しい……。

「ルスラン――」

ひたひたと床を裸足《はだし》で歩いて近づいてきた男の手を、ルスランは茫然と見蕩《みと》れたまま頰に触れさせてしまった。

硬い掌の感触に、はっ、と正気に返る。

白い豹《ひょう》のような裸体が、伸し掛かりながら衣服を剝いでくる。あっ……と思わず声が漏れて、反射的に体を引いたのを、ユーリーは許さず、褥の上に押さえつけてきた。

「怖いか……？」

だが、問いかけてくる声は不思議にやさしいものだった。ここで「嫌だ、怖い」と言えば、手を引いてくれそうな気さえする——。

だがルスランは一瞬躊躇《ちゅうちょ》した後で、首を横に振った。

——違う。怖くなどない……。

拒むつもりはない、と仕草で伝え、好きにしろ、と目を閉じる。

だが次の瞬間、ルスランを押さえつける男の手に震えが走った。

「そんなに……」

昏い声が問う。

「そんなに、あの男が大事なのか——！　親の仇に抱かれてまで、奴を守りたいのか！」

「ユーリー……？」

思わぬ怒気に、ルスランは目を見開いた。なぜ怒るのだ？　自分は今、要求に応じて体を開こうとしているのに、いったい何が気に障《さわ》った——？

だが、真意を問う間もなく、体をうつ伏せにされ、尻を剝き出される。

「ああっ！」

思わず高い声が上がったのは、胸板と褥の間に這い込んだ指に、乳首をしたたか摘《つ》まれたからだ。

痛い——！　と呻こうとして、息が止まった。

熱の高い質量が、もう尻の狭間に当たっている——。

思わずカタカタと歯が鳴って、ルスランは身じろぎも叶わなくなった。恐怖に竦《すく》む体を、男の手が無遠慮に這い回る。

「あう、ああ……」

性器を摑まれ、しごかれて、嬌声《きょうせい》が迸る。何かぬめりのあるものをまとった指が、後ろの蕾を割り裂いた。

「く……っ……！」

長い指が、中に這い込む。くじられて、ちゅくっ……と音。

「奇跡的だな」

そこのきつさに苦心しつつ指を蠢《うごめ》かせながら、男が囁いた。

「ここが、あれから一〇年、本当に男を知らぬままでいられたとは――」

「っ……！」

「好きな男のために大切に守ってきたものを、結局、憎い男に奪われるのは、どんな気分だ？」

男の声が、尋問のような冷たさで問いかけて来る。

その言葉に、ルスランは唇を嚙んだ。キサラギと抱き合いたいと思ったことなど一度もない。だが、この男に犯されるのが、悔しくないわけがない。つらくないわけがない。キサラギの命が懸かっていなければ、誰がこんな――。

だが心がどれほど拒もうとも、前を弄りまわす男の指が濡れ、ぬめり始めていた。ルスラン自身が男を濡らしているのだ。その乱暴な仕草に感じて――。

「どんどん湧いてくるな――」

単に事実を報告する、乾いた口調で言われたことに、ルスランは愕然とした。

（そ……ん、な……）

感じている――？　この憎い男に、親の仇に抱かれて、体が反応し始めている――？

頃合いだと思ったのだろう。ユーリーが、指を二本に増やした。頑強なそれを根元まで呑まされ、ぐちぐちと籠もった音を立てながら中を掻き回されて、「ひいっ」と鳴いて顎を上げる。

――ああ、駄目だ、そこは……！

中から刺激されている性器が、じんじんと腫れるように痛い。男の指先が繰《く》り出す刺激が、淫らな悦《よろこ》びとして下腹に溜まってゆく。もう、はち切れそうだ――。

「イキたいか――？」

男の低い声が、耳の後ろで囁く。

「思い切り、ここから出したいか――？」

「あ……あ……」

「答えろ、ルスラン」

ぐん、と突き上げられて、一気に昇り詰める。だが男の指に阻まれて、吐精は叶わない。

「――――ッ！」

声にならない悲鳴に続いて、情けを乞うような惨《みじ》めな声が、唾液《だえき》と共に零れ落ちる。

「イ……かせ、てっ……！」

堪えきれずに懇願すると、目のすぐ横で、男の唇の端が吊り上がるのが見えた。

「お、お願いだ……もう……っ」

「駄目だ」

非情な言葉を吐きつつ、涙ぐむルスランの目尻に口づけてくる唇は、思いも寄らずやさしい。

「イクのは、俺と一緒にだ」

「……っ……？」

妖《あや》しく囁かれながら、髪を掻き上げられ、うなじやこめかみに幾度も口づけられる。くすぐったい仕草に、一瞬意識がとろりと蕩《とろ》ける。

だがそれも、すっかり潤《うる》んだ入口に先端を押し当てられるまでだった。ルスランが、あ……と息を呑み、歯を食いしばろうとした、その一瞬前を狙い澄ましたように、男が強く腰を突き出す。

「ア……アア――――ッ！」

いっぱいに、貫かれる――。

一瞬で何もかもを奪い去られる感覚に、頭の中が眩《くら》む。灼熱《しゃくねつ》の塊《かたまり》を下腹の奥に届く勢いで突き込まれ、それでもまだ足りないとばかり、力を込めて引き寄せられ、めりめりと沈み込まされた。

「あ……あ……」

ルスランは慄きながら目を瞠った。男のものの、えらを張って反った形、その太さと硬さ。そして自分の中の位置までが、はっきりとわかる――。

（こ、んな……奥、まで……）

蕾《つぼ》んだ先端に内臓の奥を擦られる感覚に、ぞくりと慄く。信じられない。男の体が、こんなにも奥深くまで他人を受け入れられるなんて――。

「熱いな――」

男がじくじくと腰を使いながら、「ルスラン」と感じ入ったように呟く。

「この一〇年――何度もお前を抱く夢を見た。こうして、俺のものにするところを、何度も何度も夢想した――」

「あっ、あっ、ああっ……!」

生々しい感覚に息を呑む。嫌だ、そんな奥を突かないでくれ。怖い――!

「だがどの夢よりも、今のお前がいい――。現実の、こうして手ごたえのあるお前が……」

ふっ、と男が息を詰める気配がした。中のものがぶるりと震え、じわじわと充溢《じゅういつ》してゆく。と同時に男の突き上げがいっそう速く、激しくなった。

「ひ……!　い、いや、いや!」

シーツに伏せた胸で、乳首が痛いほどに尖った。後ろから回ってきた男の手が、腰を小刻みに打ちつけながらそれをまさぐり当て、摘まんでひねり潰す。

「ひぃ……ッ……!」

メス犬のように這わされたまま、腹の奥を突き回されて、ルスランは高く高く悲鳴を放った。腰の後ろで、男の熱い体が奔放《ほんぽう》に踊っているのを感じる――。

「た………!」

恐怖のあまり、声が喉で詰まる。

(——助けて……!)

ルスランは心の中で叫んだ。

(助けて……! 母上……! ちち、うえっ……!)

そして、その瞬間。

下腹の中を、熱の塊に撃たれたような衝撃が走る——。

「ア、アアアア——ッ……!」

断末魔の痙攣のようにのたうつ体に、男の両腕がきつく巻きついてきた。

骨身に食い込むように——。

「ア……、ア、ア、ア……」

その腕の中で、ルスランは絶え果てた。

かくり……と力が抜ける。

「ふ、っ……! っ……!」

すべてを振り絞るように腹筋を波打たせていた男が、ひと息に体を引く。根本まで埋め込まれていた楔《くさび》を、ずるり……と引き抜かれ、ルスランは寝台の上に伏した。

「う……」

シーツを引き摑み、長い余韻《よいん》に耐える。男が中で放つ感触に心を焼かれ、同時に自分も男の手に放った屈辱に、あふれるように涙が零れた。

――感じた。感じてしまったのだ。自分は……。この男に犯されながら……。

「ルスラン……」

欲望を満たしたばかりの獣が、そんなルスランの背の上に覆いかぶさってくる。

顔にかかる髪を掻き上げられ、涙を幾粒もその唇に吸い取られた。

やさしげなその唇は、だが同時に、非道な囁きを漏らす。

「忘れるな。これでお前は俺のものだ」

「……ッ」

「この先ずっと――死ぬまで、な……」

言葉とは裏腹に熱い肌を持つ男の下で、ルスランは無言のまま、しらじらと目を見開いて、ただ涙を流し続けた。

「ドクトル……」

「大尉！」

病室に飛び込んできたルスランに、キサラギは寝台から半身を起こした。

ようやく許されての、数日ぶりの再会だった。ルスランは思わず傍らまで駆け寄り、その両頬を掌で包みながら顔を凝視する。

凜々しい眉、彫りは浅いがすっきりと清潔な鼻梁、常に神秘的な微笑を含んだ唇――。

病室は薄暗いがまずは清潔。肺を病んでいる者には何よりも新鮮な空気が必要だが、扉に格子窓がついているせいか、この陰気な建物の中ではよく換気されているほうだ。寝台に敷かれたシーツはきちんと洗濯がされ、ノミやシラミがたかっている様子はない。患者の脈拍は正常値。むくみもやつれもなく、顔色も悪くはない。だが少し微熱気味だろうか。肺の呼吸音を聴かなければ――と考えて、ルスランは聴診器が手元にないことに一瞬戸惑い、思い切ってキサラギの胸元を開き、その胸筋に直接耳をつけた。

「ドクト……」

「黙って、しゃべらないで、大尉。深く呼吸をして、長く吐いて」

「あ、ああ……」

キサラギは戸惑いつつ、息を吸って肺を膨らませ、吐いて縮ませた。案じていたようなラッセル音はない。ルスランは安堵し、「よかった……」と息をつく。別々に監禁されて以来、心配でたまらなかった問題が、とりあえずひとつ解消した――。

「あとは、銃創を――」

「ルスラン」

低い声と共に、肩を摑まれ、ぐいと引き離される。

「この男はうちの軍医が診察していると言っただろう」

必要以上に触れるな――と命じられて振り向くと、そこにユーリー・クレオメネスの睨みつけるような顔があった。凍りついたような無表情ながら、灰色の瞳に剣呑《けんのん》な何かが宿っている。だがこの男は、いついかなる時も感情を抑えつけ、怒気の爆発を起こそうとしない。

「……面会時間は五分だ」

有無を言わせぬ口調だ。

「それ以上は一秒たりとも許さん」

厳しく言い渡しながらも、ユーリーは病室を出てゆく。格子窓つきの扉が閉まり、男の影が、その格子の外に立っているのを見つつ、ルスランは思った。

（――約束を果たしたからには、要求は聞き入れる、というわけか……）

数日過ぎた今も、抱かれた後の気だるさが、まだ体の芯にじくじくと残っているのを意識しながら、ルスランは非情な男への憎しみを募《つの》らせる。

――あの夜は、いったい幾度抱かれたのだろう。

夜半以降の記憶が曖昧なルスランは、その片鱗を思い出してぞくりと怖気《おぞけ》を振るった。もう許してくれ、と幾度懇願しても、あの男はルスランの腿《もも》に手を掛けて開かせ、その奥に肉の楔を打ち込み、深く繋がっては、飽かずに延々と腰を使い続けた。あふれるように精を注がれて、妊娠してしまう――と、半ば本気で思った。おかげで翌日はろくに起き上がれず、世話係のサーシャの手を煩《わずら》わせ、いたたまれない思いをしてしまった。そしてようやく身動きが取れるようになった今日、改めてキサラギへの面会を要求したのだ。

ルスランの体を手に入れて満足したのか、それとも捕虜を扱う責任者としての義務感からか、ユーリーは意外にあっさりとそれを了承した。そして自らルスランに付き添い、砦の一角にある療養棟《とう》に案内したのだ――。

「ドクトル、あなたこそあまり顔色が良くない」

キサラギが穏やかに指摘し、ルスランはハッ、と意識を引き戻す。

「もしや――ひどい扱いを受けているのでは？」

「いいえ、大尉。ぼくは何も――」

ルスランは微笑を作った。

「でも内心、あなたのことが心配で――監視されるようになってから今まで、気が気ではありませんでした」

キサラギの、艶《つや》やかな漆黒の髪を撫でる。もっと長ければ、きっと殺された母に似た、美しく流れる滝のような黒髪になるのだろう。謹厳な軍人らしい短髪も魅力的ではあるが――。

「わたしこそ、ドクトル」

独特の、温かい響きを持つ声でキサラギは言い、ルスランの顔を見つめて目を細めた。

「どさくさで、あんなことを言って――あなたに嫌われたのではないかと、気が気ではなかった」

「……っ」

ルスランは反射的に赤面した。あんなこと、とは、無論あの吹雪の中での愛の告白だ。

――わたしはあなたを、ずっと想ってきた……。

キサラギが、くっ、と自嘲的に笑う。

「だから今朝、あなたに会わせてもらえると知った時は、嬉しい反面、どんな顔で会えばいいのかと

「もう捨てた名です……。今の私はヒムカ人のイセヤ。どうかそう呼んで下さい」

うっとりした口調で褒《ほ》め称《たた》えられて、だがルスランは首を左右に振った。

「ルスラン・レオポリート……一篇《いっぺん》の詩のように美しい名だ」

言い訳しようとする先を制し、キサラギがその深い声で「ルスラン」と名を呼んでくる。

「大尉、それはっ……！」

ら教えてもらえない程度の存在でしかないのに」

「愚《おろ》かなことは百も承知だ――あなたにとってのわたしは、ただの患者のひとりで……本当の名前す
そんなルスランの顔を見て、キサラギはふぅ……とため息をつく。

ルスランは思わず息を止めた。これは、二度目の――駄目押しの告白だ。

「……」

と迷ったが――やはりあの告白を取り消したくはない」

「あの時、あなたにどう思われたかと考えると、恥じ入るばかりだし……ここで寝ている間も、色々
そんなキサラギの瞳が、ルスランの表情を窺《うかが》うように潤んで光る。

「ドクトル、わたしは……」

髪もきちんと櫛《くし》を入れて梳《と》かしつけてある。常に清潔な印象のキサラギらしい身だしなみだ。

言われてみれば、監禁――というより隔離生活中だというのに、キサラギの顔に髭は浮いていない。

「大尉――」

狼狽《うろた》えた。とりあえず剃刀《かみそり》を借りて、髭を当たって体裁を整えるのが精一杯だった」

「――そうか……」

キサラギがどこか寂しげな顔をしたのは、せっかくの美しい名を、もったいない――という思いからだったろうか。それとも、過去に触れることを拒まれたのが、悲しかったのだろうか。

「ドクトル」

そしてキサラギから伸びてきた手は、ルスランの手をおずおずと摑み、そっと握った。

――やさしい仕草。あの男とは大違いの……。

「ドクトル……。わたしはまだ、あなたに見放されてはいないだろうか」

熱のある視線をルスランに向けて、キサラギは告げた。

「わたしは、嫌われてしまってはいないだろうか――」

ルスランは素早く、再び首を左右に振る。

「大尉、そんなのは当たり前のことです――！」

「だがあなたはここで、よりにもよってとんでもない運命に巡り合ってしまったのだろう？」

久しぶりに長くしゃべって、体に負担がかかったのだろうか。キサラギは、コホコホ、と小さく咳き込んだ。

「あの大隊長殿は……クレオメネス少佐は、あなたを国を捨てる羽目《はめ》に陥らせた張本人なのだろう……？」

「――ッ………」

なぜそれを、と口走りかけて、ルスランはそうだと思い至った。あの吹雪のさ中、不意にあの男と行き会って、あまりに突然蘇った過去に昂奮したルスランは、彼の目の前で、思わずユーリーを詰《なじ》ったのだ。

――親友だったお前に、母を殺され、すべてを奪われ――この体を凌辱された男だ！

ルスランは自身の失態に狼狽《ろうばい》した。キサラギはクリステナ語ができるのだ。それも、連隊では屈指の才能だった。あの男への憎しみで盲目になり、ついそのことを失念していた――。

「すまない、ドクトル。わたしは――」

コホコホ、と咳《せき》が続く。もう限界だ、とルスランは判断した。横にならせて、体を休めさせなくては――。

だがキサラギは、横臥《おうが》を促すルスランの手に従いながらも、さらに言い募る。

「わたしは、ヒムカ軍内で、あなたが卑劣な者どもの手で陥れられるのを、座して見ていられなくて……っ、っ……！」

激しく咳き込む音に、ルスランは男の背を掌で叩いた。

「大尉、もうしゃべらないで。ゆっくり呼吸をして……！」

「――どうせ、肺をやられては、もう長からぬ身だ。死ぬのなら、あなたを助けるために、この命を遣《つか》ってから死のうと思っていたのに……あなたは、またここでつらい思いをして――わたしは……」

「大尉、どうか自分を責めないで。ぼくとあの男とは――」

「ドクトル……」

寝かしつけようとする腕に逆らい、キサラギがルスランの手を引く。

「ドクトル、愛している……」

そして突然、その甲に唇を押し当てた。

「大尉……」

驚いたルスランが、思わず体を引いても、キサラギは手を離さない。

その時、鉄扉《てっぴ》がバタンと音を立てて開いた。

「時間だ」

灰色の目を持つ大隊長が、冷たく告げる。

「来い、ルスラン」

顎で促しつつ、ユーリーは家名の「レオポリート」ではなく、名で呼んだ。ことさらに、見せつけるように。

何かを察したようにさっと顔色を変えたキサラギと、ユーリーの鉄面皮《てつめんぴ》を交互に見ながら、ルスランは焦る。

「待ってくれクレオメネス。大尉は発作を起こしかけている。もう少し様子を見させてくれ――」

「駄目だ」

カツカツと部屋に入ってきたユーリーが、ルスランの腕を取り、ぐい、とひねり上げる。ルスランは無理矢理キサラギのそばから引き剝がされた。

「来い」

そのまま引きずられるように、病室を出される。「大尉！」と叫んだ声を遮るように、格子窓のついた鉄扉がばたりと閉まった。聞こえるのは、キサラギの苦しげに咳き込む音だけだ。

「クレオメネス、おい、ちょ、待――」

敬礼して見送る歩哨《ほしょう》の脇を、ユーリーは例によって大股に、ずんずんと歩き過ぎてゆく。

そして最初にこの砦に連行されてきた時にも通過した、古びた教会堂のような廊下まで来た時――。

「……クレオメネスと呼んだな」

男は立ち止まり、ぽつりと言った。

天井の高い、だが陰気で寒い空間に、男の声が響く。

「何……？」

「あの男の前だからか？」

何を問い質されているのか、見当もつかないでいるルスランを石壁に押しつけ、男はずいと顔を近づけてきた。

あと四半歩分で、キスになる距離まで――。

「あの男の前で、俺をことさら家名で呼ぶのは、俺との関係を知られたくないからか？」

「……何を言っているんだ」

男の言葉の理不尽さに、ルスランは半《なか》ば呆れ、半ば立腹して応えた。

「クレオメネスと呼べと言ったのはお前じゃないか。大体、大尉の前だろうが何だろうが、ここに来てから、お前を名で呼んだ覚えなど――」

「憶えていないのか？」

ふ、とユーリーは鼻を鳴らした。

そして、威圧するように耳のそばまで口元を近づけ、妖しく、ひそりと囁く。

「……あの夜、お前は俺に抱かれながら、何度もその唇で、ユーリー、ユーリーと呼んだ」

「……な……」

カッ……と顔に血を差し上らせ、男の体を押しのけようとするルスランを、ユーリーはさらに強い力で壁に押しつけた。

「何をする！」

石壁に反響する怒声に、男の冷たい声が重なる。

「もう一度抱く」

「——な……！」

「そう簡単に、あの夜のことを忘れさせるわけにはいかないからな」

今すぐ思い出してもらう……と昏い声で囁くが早いか、ユーリーはルスランの顎を捕らえ、無理矢理に上を向かせると、ぶつけるように乱暴に唇を重ねてきた。いきなり深くまで奪われ、食《は》まれ、水音を立てて唾液が絡みつく。

「う、ん………！」

顎を摑みしめ、嚙みつくことを許さない強い手。巧みな舌使い。熱、匂い、生々しくぬめる感触。

そして、あの夜の記憶——。

必死で男の手を拒み、ぶるぶると震えていた手首が、やがて力を失い、男の腕に添えるだけになる。

「ん、んん──」

舌を絡ませながら幾度も角度を変えるユーリーの巧みさに、ルスランは顔を歪《ゆが》ませながら翻弄された。ようやくもぎ離し、絞り出すような声で喚《わめ》く。

「クレオメネス、よせっ……！」

「ユーリーだ」

唾液で濡れる薄い唇が囁く。

「ユーリーと呼ぶんだ──昔のように」

命じられて、ルスランは戸惑う。何なのだ、この男は。家名で呼べと言ったり名で呼べと言ったり、キサラギに会わせてくれたかと思えば、こんな廊下でいきなり欲情して──。

（無茶苦茶だ……）

謹厳な顔つきとは裏腹に、その中身は気まぐれな暴君。今のユーリー・クレオメネスは、そんな男なのだ。

（子供の頃は、こんな奴じゃなかった──）

『殺してやる……』

唐突《とうとつ》に、ルスランは思い出した。そうだ、あの、学院の温室でルスランが襲われかけた瞬間から、この男の中で、何かが変わったのだ。

『ルスランを傷つける奴は──全員、この手で地獄へ送ってやる……』

わからない。この男のことがもう、何もかもわからない。ルスランは口づけられながら、悲しい思いに捕らわれた。子供の頃はあんなにぴったりと寄り添い合っていた心は、どこへ消えてしまったのだろう。あの無口だけれどやさしい少年は、どこに行ってしまったのだろう。この男の心に、まだあの中庭のぶなの木の面影は、残っているのだろうか——。

——どうしたの、ユーリー。

——いや、何でもない。

——何でも、ないんだ……。

冷たい男の手が、首筋から胸元を開き、シャツの下に忍び入ってくる。押しつけられた股間はすでに硬く実り、不穏な熱を宿していた。

ルスランの肌が、得体の知れない慄きに、ぞくり……と粟立つ。そこへ——。

オンオンオン！　と機嫌よく鳴く犬の声。そしてその後を追うように、「おいこら待て、ベオ！」と呼び止めようとする若い男の声。

漆黒の長毛犬を追いかけてきた兵士は、自分たちの上司と、最近やって来たばかりの捕虜が身を寄せ合う姿を見て、棒を呑んだように立ち竦んだ。

「し、失礼しました大隊長！　さ、散歩——ではなく、歩哨警戒中にベオが急に、引き綱《つな》を振り切って走り出しまして——！」

恐縮しきりの兵士を無視し、ベオはふさふさの尻尾を左右に振り、鼻先をユーリーに突き出している。仲よししてるの？　ぼくも混ぜて——！　そんなことを言い出しそうな、期待に満ちた目だ。

「いや——」

さすがに現場を見られては言い訳に窮《きゅう》したのか、ユーリーはベオの頭を撫でてやりながら、兵士に命じた。

「他言無用だ」

「は、はいっ！」

ルスランの腕を引き、やや早足に歩くユーリーは、顔だけはいつもの不遜《ふそん》でふてぶてしい鉄面皮のままだ。だが動揺していることは伝わってくる。そのままルスランは、まっすぐに塔の中に連れ戻された。

ヴーン……と電灯が唸り、カツンカツンとふたり分の石段を上る靴音《くつおと》が響く。

だがユーリーはルスランを監禁室には戻さず、もう一層上の、自分の私室へ連れ込んだ。部屋に押し込み、自分も入って、がちゃり、と鍵を掛ける。

「クレ……」

家名で呼ぶ間もなく、男に肉迫され、天蓋つきの寝台に押し倒された。押しかぶさるように濃厚なキスを浴びせられながら、するすると衣服を脱がされてしまう。

「や……！　う、ん……！」

吸血鬼に襲われるように、首元を幾度も啄《ついば》まれながら、下衣の前を開かれ、やんわりと性器を揉まれる。「やめろ……っ」と拒絶しながらも、数日前の情事の熟《う》れた熱が残る体は、たちまち淫らな粘液を漏らしてしまった。

その淫液に濡れた指が、後ろをえぐる。

「ああっ……！」

ずぶりと容赦なく埋め込まれて、ルスランは屈辱と痛みに涙を流し、その潤んだ目で男を睨んだ。

「お、まえっ……」

男の唇が、かすかに両端を吊り上がらせる。

「思い出せ、ルスラン――。お前のここはもう、一度俺の精を受けている。俺に突かれて、達する快楽の味を覚えているはずだ」

「何、をっ……！　ああっ、よせっ……！」

傲慢な指先で我が物顔に奥を掻き回されて、ルスランは肢体をのたうたせる。

体が、もう思い通りに動かない。中で好き勝手をする指が苦しくて、嫌でたまらないのに、手も足も痺《しび》れて、拒むことができない。それどころか、みっしりと詰まっていた中の肉が、まるで男の指を食むような動きをし始めている――。

「そら――」

男の囁きは、嬉しげだ。

「美味《うま》そうに食いしめている」

「～～～ッ、やめろっ……！」

「この分なら、すぐに女にできるだろう。淫らで、それでいて触れられるたびに恥辱《ちじょく》に悶えるような、極上の――」

淫靡なことを卑猥《ひわい》な口調ではなく、真剣に口走るのが逆に怖い。その腕の中で翻弄されながら「何をする気だ……」と慄くと、男は天蓋から下がる装飾の絹紐《きぬひも》を一本、無造作に千切り取った。

「何——あ、ああ……ッ」

ルスランが腰を跳ねさせたのは、男が顔を股間に埋め込んできたからだ。深く口に含まれ、唇でしごかれた挙げ句、茎《くき》を舐め回される。

「——ッ……、や、め……」

こいつ、一〇年前も同じことをしてきた——と思いつつ、もう動けないルスランは男の愛撫を受け入れてしまう。

駄目だ、このミルクを舐める猫のような舌遣い。気持ちがいい。逆らえない——。

男の舌のベルベットのような柔らかさと巧みさに、理性がとろりと溶けた、その瞬間。

「ヒ、ッ——！」

絹鳴りの音と同時に、性器の根元がきつく縛められた。甘やかされる愛撫から一転、拷問《ごうもん》じみたことをされ、全身から血の気が引き、冷や汗が流れる。

わかってしまった。男が何をしようとしているかが、本能的にわかってしまった。同じ、男だから——。

「ユーリ……！」

懇願する声は、意識せずに男の名を呼んでいた。

「ユーリ、ユーリ、いやだ……！」

「駄目だ」

凄《すご》みに満ちた口調でそう告げられるや、この上もなく恥辱に満ちた姿勢で、両脚を開かれる。下衣の前を開いた男は、自身の性器を取り出し、しごいて完全に勃起《ぼっき》させた。

「息を吐け」

先端を突きつけられる感触。

「く、っ——」

するとルスランの入り口が、男に食いつこうとするかのように蠢いた。早く入れて——と、ねだるように。

(そんな……)

ルスランは打ちのめされる。

(そんな……たった一晩抱かれただけで、ぼくは——)

この男の「女」にされてしまったのか。

「——ッ、ユーリ……」

自らの淫らさを感じ取って、死にたいほどに恥じ入る気持ちと、早く欲しい——という獣のような渇望《かつぼう》とがないまぜになり、ルスランはついに、甘くべたついた声で男の名を呼んでしまった。

幼い日に、そうしていたように——。

「ルスラン」

男の深い声が、それに応えた。

「奴には渡さない——」

宣言されると同時に、腰に力を込められ、尻から肉の楔を打ち込まれる。

ずしゅっ――と音がした……ような気がする。

一気に下腹の中を突き上げられて、喉の奥から悲鳴が迸った。

耳の奥が痺れ、自分の声も聞こえない――。

「……ッ、……ッ、あ、ああ……！」

気がついた時には、男の手に尻を持ち上げられ、深く貫かれたまま、がくがくと揺さぶられていた。

出すことを許されないまま、中を刺激されて、下腹の中で吐き出せない熱が疼《うず》き、暴れ回る。

苦しい――！　この男に、無茶苦茶にされる。体も、頭の中も、心も何もかもが、淫らな女にされてしまう……！

「ヒッ、ひ、う……！　ユーリー、ユーリー……！」

「ルスラン――」

空《くう》を掻く手に、男が応える。筋肉の盛り上がる背中に導かれた指先を、ルスランは怨みを込めて、男の肌に突き立てた。

――ひどい……ひどい。ぼくをこんなにして……！　こんな体にしてしまって……！

「感じるか？　ルスラン」

さすがに息を荒げている男が、ルスランの鼻先から囁いてくる。その指先が、薄い胸板の尖りをやさしく弄った。

「女のように、腹の中で俺を感じているか？」

「あっ、あっ、ユーリー、ユーリー……！」

男の愛撫に、ひと思いにいかせてくれと、あられもなく懇願する。

だが、ルスランを、女のように腹の中の快楽でいかせようと目論む男は、「駄目だ」とにべもなく退ける。ルスランは我慢できず、そんな男に自ら口づけて、ねだった。

「お願いだ、ユーリー……！」

お願いだから――と、普段の自分であれば、聞くに堪《た》えないような声が、唇を突いて出る。早くいかせて、終わらせて――と。

男が不満げに顔を歪めながらも、ルスランの性器に手を伸ばした、その時――。

不意にルスランは、ふわりと空に浮く感覚に襲われた。何――？　と戸惑った瞬間、頭の中が真っ白に発光する。

「あ、っ――？」

――ああ……。

一瞬、垣間《かいま》見たそこは、おそらくこの世ならぬところだったのだろう。一切の苦悩も憎しみもなく、清浄で、涼やかで、ただ心地良さと解放感だけに満ちた世界。

あの幼い日の、ぶなの木陰のように……。

穏やかな木漏れ日、草の匂い。友が奏でるバイオリンの音色。

そして……目の前の凜々しい幼なじみが大好きだという、穏やかで幸せな想い――。

すとん、と落ちる感覚があって、ルスランは目を開く。

そこには、汗にまみれ、肩で息をする灰色の目をした男がいた。彼もまたイッたのだろう。ルスランの中に、ねばつくもので満たされた熱い感触がある。

それに対して、ルスランの前は、涙ほどの湿りしか帯びていない。にも拘《かかわ》らず、確かに意識は空を飛んだ。

出さずに達する。男の体で、そんなことがあるのだろうか。あるいはこれが、この男の言う「女にする」ということなのだろうか——。

「……ユーリー……」

我を忘れた感覚のまま、ルスランは呼びかける。

男はそれに応えるように伸び上がり、ルスランの上に打ちかぶさって、唇を覆った。

思いもかけずやさしいキスを与えられ、ルスランもまた、唇をうっすらと開き、応じる。

ふたりはそのまま、ほんの束《つか》の間《ま》、愛し合う恋人同士のように触れ合い、ぬくもりを分かち合った——。

◇　◇

気絶するように眠りに落ち、やがて目覚めた時、ルスランは真っ先に、自分が天蓋つきの寝台にひとりでいることに気づいた。男の姿はなく、ただ塔を包む吹雪の音と、スチーム暖房の温気が配管を巡る音だけが続いている。

「……ユーリ……？」

いないのか――？　と思いつつ名を呼ぶと、枕元の小机に水差しが用意してあるのが目についた。

その下に、メモ用紙が敷いてある。

――軍務を済ませてくる。下の部屋に戻る必要はないが、もし万一、無線が届いても絶対に出るな。

「……何だ、これ――」

ルスランは呆れた。捕虜をひとりで軍事機密だらけの私室に残して行くなんて。もしルスランが投降者を装ったヒムカのスパイで、無線を使って要塞の位置を知らせたら、どうするつもりなのだ。

「それとも、抱いてものにしたから、もう心配はないとでも――？」

だが昨夜の痴態《ちたい》では、快楽で籠絡《ろうらく》できた――と思われても無理もないかもしれない。我を忘れて悦びを貪《むさぼ》りながら、男に媚《こ》びるようにすり寄ってしまった記憶がある――。

ルスランは叫びを上げかけ、とっさに自分の口を手で塞いだ。

恥ずかしい。猛烈に恥ずかしい――。

(だ、だって、あいつ……上手くて……！)

だから仕方がなかったのだ。快楽を拒みきれなかったのは、あの無愛想な男が、顔に似ずやたらに床上手《とこじょうず》だったせいだ。感じて乱れたのも、あの男に意地悪く責められたせいだ。全部あの男のせいだ
――ルスランは心の中で言い訳しながら、八つ当たり気味に「むっつりめ……」と唸り、くしゃっ、とメモを握りつぶす。

その時、ガタガタと物を運ぶ気配がして、不意にノックもなしに扉が開いた。

「あっ――――！」

掃除夫のような格好で、ぎくんと立ち竦んだのは、働き者のサーシャだ。たちまち真っ赤になり、

「し、失礼しました！」と、ばたんと扉を閉める。

「あ……」

少年の反応で初めて、ルスランは自分が全裸なのに気づいた。下半身はシーツの中だからすべてを見られたわけではないが、この極寒の地の要塞で、裸で睡眠を取る物好きはいない。それが全裸で寝台にいるということは、すなわちつまり「事後」だということだ。

「ご、ごめんサーシャ！」

慌てて寝台の脇から衣服を拾い上げながら、扉の向こうで困惑しているだろう少年に叫ぶ。

「今、身支度するから！　ちょっと待ってて！」

厚い木の扉の向こうから「は、はい」という小さくくぐもった返事がある。ばたばたと服を着たルスランは、部屋履きに足を突っ込むのもそこそこに、自らその扉を開きに行ってやった。

「――悪かったね。さあ、どうぞ入って」

「お、お邪魔します……」

少年はまだ伸びきらない背丈を、さらに低く丸めて入室してくる。敬礼しながら、微妙にルスランから視線を外しているのがまた、逆にいたたまれない。

「そんなに気を遣わなくていいよ」

あまりにも気の毒で、ルスランは言葉つきを和《やわ》らげて告げた。

「ぼくはただの捕虜だからね。まあ、虐待《ぎゃくたい》して欲しいわけじゃないが、適当に手を抜いて扱ってくれて構わないから」

「いえ、そんなわけにはいきません」

だが少年は、きっぱりとルスランの心遣いを拒否した。

「ぼ……自分は一応、軍属扱いにしてもらってはいますが、本当はクレオメネス少佐のご一存で拾われた身です。その恩義ある少佐の大切な方を、ないがしろにはできません」

思いもかけない言葉に、ルスランは面食らった。

「大切な方、って……」

「ルスランさまは少佐の『運命の恋人』でいらっしゃるのでしょう？」

「……え？」

絶句するルスランに、少年は得意満面の顔を見せる。

「やっぱり……！　帝都の司令部でふんぞり返ってるような、傲慢でいやらしい高級軍人ならともかく、あの厳格な少佐が、捕虜に手を出されるなんて、おかしいと思っていました……！」

「サーシャ……？」

「少佐に、ずっと心に想い続けておられる方がおいでなのはみんなが知っていましたけど――まさか、こんな辺境の砦で、しかも今は敵国の人となられた想い人と再会なされるなんて……」

よかった……と感涙し始める少年に、ルスランは呆気《あっけ》に取られた。この少年は、いったい何を言っているのだ？　このぼくが、あの男の想い人……？

「少佐はそのために、ずっと軍でも宮廷でも不遇をかこっておられたんです！」

少年は両目を輝かせ、急に熱弁を振るい始めた。是が非でもこれだけは伝えなくては、という気迫に、ルスランはつい圧倒されて口を閉ざしてしまう。

「自分には永遠に想い続ける義務のある人がいるからと、皇帝陛下の姪御《めいご》さまとのご縁談をお断りになられて――。それが原因で、こんな辺鄙な場所の砦に左遷されてしまわれて……」

「……」

何だ、そんな理由で飛ばされたのか――と一瞬納得した後に、ルスランはめまいを覚えるほどに狼狽した。ちょっと待て。何だって、想い人？　ぼくがユーリーの想い人……？

（あ、ありえないだろう、そんなこと――！）

あの冷血漢に皇族の姫君との結婚を断らせるほど、長くひそやかに想い続けている相手がいる……というのがそもそもありえないのだが、もしいるとしても、それは絶対にぼくじゃない。どこをどう間違ったらそんな話になるんだ――とルスランは考え、落ち着くために深く息をしながら、首を左右に打ち振った。噂をしている兵士たちはおそらく、ユーリーと彼の父親が、ルスランの家を潰したことを知らないのだろう。知っていれば、たとえ情事の場面を目撃しても、そんな荒唐無稽《こうとうむけい》な話は信じなかったはずだ――。

「あ、で、でも、たとえお相手が皇族の方でも、結婚話なんか、最初から少佐がお受けになるはずがなかったんです！」

サーシャは慌てて、ひどく戸惑う様子のルスランを宥《なだ》めるように掻き口説いた。自分と離ればなれになっている間に、ユーリーに高貴な女性との縁談があった——という事実に、ルスランが衝撃を受けていると勘違いしたようだ。

「元々皇帝陛下が、少佐を見初《みそ》めて無理に結婚を迫った姫御さまのわがままを聞いて、ごり押しをなさったのがいけないんです！　だって少佐はかねがね、クレオメネス家は自分の代で終わりだ、と公言しておられましたから！」

少年の言葉に、ルスランは驚き、「それは、つまり——」と問い返す。

「端《はな》から、誰とも結婚は考えていなかった、ってこと？」

「はい。どうせ名誉の傷ついたクレオメネス家に娘を嫁がせようなどという物好きな家も、もうないだろう。いっそそのほうが気楽だからと——」

「名誉が傷ついた？」

どういうことだろう——と訝るルスランに、少年はわざとらしく、声を低めて告げた。

「実は——少佐の父君のクレオメネス将軍は、一〇年ほど前に自決なさったのだそうです」

「え、っ——」

啞然として言葉もないルスランの反応に気をよくしたのか、サーシャはさらに小声でつけ加える。

「自分はまだ、その頃は孤児院にいたので、後から人に聞いた話ですけど……何でも、宮廷での権力争いで、とある貴族の一家を破滅させたことを悔いるあまり、気が触れたようになってしまわれて、お酒を浴びるように飲まれた後、発作的に拳銃でご自分の心臓を撃たれたとか——」

ルスランはただ絶句するばかりだ。あのジーマ・クレオメネス将軍が——自決……？

(しかも一〇年前というと、あの後、すぐに――?)

サーシャの話だけでは、自決事件のあった時期が正確にいつかはわからない。だがいずれにせよ将軍は、ルスランの父の処刑と前後して、自ら命を絶っていたことになる。てっきり、親友夫婦の命を売った見返りに、今も宮廷で我が世の春を謳歌《おうか》しているものと思っていたのに……。

(そう、だった、のか……)

あの卑劣な男も、己れの所業《しょぎょう》をそれほどまでに悔いていたのか。こんなはずではなかったと、友の一家の破滅を嘆《なげ》きながら、自らを罰して死んでいったのか。そしてユーリーもまた、帝都貴族としての栄誉栄華から遠く距離を置き、不遇をかこって――。

複雑な感情を噛みしめるルスランの顔を、少年は覗き込むように見た。

「表向き、急な脳卒中《のうそっちゅう》ということにされていますが、神の教えに背く行いだということで、葬儀も正式には執《と》り行われなかったとか――」

そうだろうな――とルスランは思った。因習的な貴族社会のことだ。当主が他家を冤罪《えんざい》で破滅させた挙げ句に自殺などしては、呪わしい家、の烙印《らくいん》を押されても仕方がない。子弟の結婚も難しくなるだろう。ユーリーが早々に、しかるべき血筋の花嫁を迎えることを諦《あきら》めたのも、無理もないことだ。

「……でも、だったらなおさら、皇帝の姪との縁談は、願ってもない名誉挽回の機会だったんじゃないか――?」

それをふいにするなんて、家門の繁栄を第一に考えるクリステナ貴族にあるまじきことだ……と、つい内心を口に出してしまった呟きに、

「ですから、そんな絶好の機会を蹴ってまで少佐が胸に想い続けるお相手とは、どのようなお人だったのだろう、と、この砦でももうずっと噂になっていたんです！」

サーシャはきらきらと輝く双眸《そうぼう》で食いつき、迫ってくる。

「まさか男の人だったなんて、ぼくも思ってもみませんでしたけど……ルスランさまは、どんな姫君よりも素敵な方で、ぼく、感激して……」

「ち、違うんだ、サーシャ……」

「ぼくは――！」

少年は聞く耳を持たない。

「ぼくは、孤児院から脱走して街で凍死しかかっていたところを、たまたま通りがかった少佐に助けて頂いたんです！」

「……」

駄目だ、この純真さには逆らえない、とルスランは口を閉ざす。

「だからクレオメネス少佐はぼくにとって、尊敬する上官というだけではなくて、命の恩人なんです。その少佐が、とうとう長年の想い人と結ばれてお幸せになられたのが、ぼくは嬉しくて嬉しくて……う、ううぅ……」

うわぁん、と泣きだす少年に、ルスランは困惑して手を差し伸べた。どう扱ってよいかわからず、とりあえず抱きしめて、とんとん、と背中を叩く。

「困ったな――よしよし、君はいい子だね……」

少年は心からあの男に恩義と忠誠心を感じているようだ。ユーリーの側はどうせほんの気まぐれで拾ったに違いないのに、少年のあまりの健気さが不憫《ふびん》だった。あいつが、そんなにやさしい心を持っているわけがないのに——。

やさしく囁きつつ少年を宥めていたその時、不意に扉が開いて、当のユーリーが姿を現した。

「——!」

そして男は、サーシャを抱きしめているルスランを見て、じわりと眉間を険しくする。大股に近づいて来ると、やや乱暴な手つきで少年の体を引き剝がして告げる。

「サーシャ、ここは今はいい」

感情を抑えた声が告げる。

「緊急事態だ。兵舎へ行って衛生兵たちを手伝ってくれ——病人がまた増えた」

「え、っ……」

「至急、傷病兵の衣服とシーツの燻蒸《くんじょう》消毒を頼む。洗って備蓄《びちく》してある分もすべてやり直しだ。手が足りん」

「は、はいっ」

サーシャが涙を拭うのもそこそこに、部屋を飛び出して行く。それを見送り、ルスランはユーリーに向き直った。

「おい、病人って——」

「ルスラン、お前に頼みがある」

いかにも不本意そうな顔つきで、ユーリーは言った。

「――うちの軍医が倒れた」

「何？」

「元々、かなり高齢だったからな。それに数週間前から、この砦では兵士の間に感染症が流行《はや》っていて、過労気味だった」

「な――」

ルスランは驚愕した。こんな辺境の閉ざされた場所で感染症の流行とは――致命的ではないか。しかも、数週間前から――？

「なぜそれを早く言わなかった！」

詰め寄るルスランに、

「捕虜のお前には、本来関係のないことだからだ」

ユーリーは平然と告げる。

「この塔に隔離《かくり》されていれば、まず感染する心配はないからな。ことさら告げる必要もないだろう」

ルスランは思わず男の顔を凝視した。もしや、まだ子供で抵抗力のないサーシャと、絶対に病で倒れられない司令官の自分と共に、ルスランをこの塔の部屋に住まわせたのは――。

（ぼくを、病から守るため……？）

一瞬よぎった考えを、だがルスランは打ち消した。

馬鹿な。何を考えている。この男は、はっきりと言ったではないか。ルスランを抱くのは、不遇な身を慰《なぐさ》めるための遊びだと。手元に置いたのは、いつでも好きな時に弄べる玩具《がんぐ》が欲しかっただけに違いないのに、自分は今一瞬、何を期待した——？

「だがもう、そうも言っていられなくなった」

何かを決意したような声が、ルスランの思考を逸らした。

「備蓄されている医薬品は限られている。このまま病人が増え続けては、いずれそれも尽きる」

そうなったら地獄だ——と告げる男に、ルスランも「ああ」と同意する。止むことのない吹雪に取り巻かれたこの砦は、春になって雪が溶けなければ外部に脱出できない。無理に脱出したところで、ルスランとキサラギのように、雪中遭難するのがオチだ。もし外部との行き来が可能になるまでに、病の流行を食い止められなければ——。

（全滅、もありうる——）

ごくり……とルスランは固唾《かたず》を呑んだ。

「この砦の責任者として、お前に頼む、ルスラン」

再会してから初めて、ユーリーの顔に、人間らしい真摯な懇願の色が宿る。

「兵士たちを——俺の部下たちを、どうか救ってやってくれ……」

頼む——と低頭する男を、ルスランは茫然と見やる。

（どうしてぼくが、お前なんかの頼みを聞いてやらなくてはならないんだ——！）

ぼくの体にあんな、あんな無体を強いておいて、昨日の今日で——と、心の中で怨み言をぶつけてから、ふう……とため息をつく。

（……と言えば、きっとお前はあっさり『わかった』と引き下がるんだろうな……）

その苦悶《くもん》に満ちた表情が、目に見えるようだ。この男にしても、虫のいい頼みであることは重々承知だろう。それでもあえてルスランに頼みに来たのは、本当に「そうも言っていられなくなった」からに違いない。

ルスランは静かに頷き、「わかった」と告げた。

男が灰色の目を瞠る。その意外そうな表情に、ルスランは思わず「何だ、その顔は――」と文句をつけた。

「お前に対する怨みつらみがあるからって、ぼくが疫病《えきびょう》の罹患者《りかんしゃ》を見捨てるような非道な医者だと思っていたのか？」

「……いや……そういうわけでは……」

珍しく気まずげに口ごもるユーリーに、ルスランは顔を上げて「ただし」と宣言した。ここは強気に交渉できる場面だ。

「ただし、医者として働くからには、この砦の中では、全面的に行動の自由を認めてもらうぞ？　キサラギ大尉を診察することも含めてな」

「――……いいだろう」

やや不自然な間を置いて、ユーリーは頷き、ことさらのように「この際仕方がない」とつけ加えた。

「協力を――感謝、する……」

明らかに不承不承《ふしょうぶしょう》の言葉に、ルスランは冷たく応える。

「感謝など必要ない。ぼくは医師としての義務を果たすだけだ」

「……」

苦々しい顔で、ユーリーはルスランを見つめ、沈黙した。

◇　◇

常に微熱を帯びた若い男の体は、独特の匂いを放っている。

その匂いに、一瞬、ルスランはどきりとした。つい数日前、無理矢理熱い体を押しつけ、ルスランに天国と地獄を味わわせた男を、つい連想してしまったからだ。

——感じるか？　ルスラン……。

——女のように、腹の中で俺を感じているか……？

「ドクトル——？」

聴診器を手にしたまま動かなくなってしまったルスランに、寝台の上のキサラギが、寝衣の前を開いた姿のまま問いかけてくる。

「何か問題が？」

「——ッ、い、いいえ……」

キサラギは端整《たんせい》な顔を曇らせ、だがすぐに穏やかな、しかし寂しげな微笑を浮かべる。

「ドクトル、どうか気を遣わないで。わたしは父も母も妹も、この病で亡くしている。次はわたしの番だ。とうに覚悟はできている」

「やめて下さい」

ぴしゃりとルスランは言った。

「大尉、あなたのような若い人が、生きることを投げ出してしまうのは罪悪です。この世には、生きたくても生きることができなかった人が大勢いるのに――」

ぼくの父も母もそうだった、とルスランは心の中でつけ足す。何不自由ない貴族階級の、仲睦まじい夫婦だったのに、友人とのふとした行き違いから取り返しのつかない事態に追い込まれ、あっという間に命を奪われた。そして奪った元凶の男のひとりも、すでにこの世にいないという。

そして自分は今、母を殺した男と――。

「申し訳ない――無神経なことを言ってしまったようだ」

キサラギはルスランを見つめ、心苦しそうな顔をする。

「あなたも大勢の人の死を見てきた方なのに、ドクトル……」

「よしましょう」

ルスランは首を左右に振り、無理に微笑《ほほえ》んだ。

「こんな陰気なところで、深刻な顔を突き合わせていては、治るものも治らない」

キサラギの病室があるこの療養棟は、ユーリー直々の厳命もあって清掃が行き届いていたが、いかんせん、常に薄暗く、肺を病んだ人間の療養環境としては理想的とは言えなかった。

もっとも、この中世そのままの砦では、特別ひどい環境とも言えない。壁面に改造を施《ほどこ》してスチーム暖房がつけられており、暖炉《だんろ》で火を焚《た》く部屋に比べれば、まだしも空気も清浄だ。

「ドクトル・イセヤ」

少し考え込む風情《ふぜい》だったキサラギは、やがて深みのある声でルスランを呼んだ。

「はい？」

ルスランは聴診器を外しながら小首を傾げる。

「……あなたが心配だ」

若い士官の双眸が熱い視線を向けてくる。

何もかもを見通すようなその深いまなざしに、どきり……とする。

「傷病兵を大勢診《み》ている上に、わたしの診察にまで足を延ばして……」

「あ、ああ……そ……のことですか」

男の案じる言葉に、思わず、そっちのことか――と口走りそうになり、ルスランは慌てて言葉を濁した。てっきり、ユーリーとのことを悟られたのかと思った。

――お前を、俺のものにしてやる――ルスラン……。

男の声と熱と匂いの中で乱れた記憶を、ルスランは無理矢理に振り切った。

「大丈夫ですよ。この砦にはちゃんと衛生兵もいて、わたしひとりが患者の世話を何もかもしているわけではないですから」

「……だが、そもそも捕虜のあなたをいきなり軍医として働かせるなど、無理無体というものだ」

むっつりとした表情は、この男なりの怒りの表現だ。常に穏やかなキサラギは、鉄面皮のユーリーとはまた別の意味で、喜怒哀楽が乏しい。

「つい先日まで敵国の人間だったあなたに、兵たちがちゃんと従ってくれるかどうかも、定かでないのに――」

キサラギは、ヒムカ軍の中でルスランが半敵国人として苦労を重ねていたのを知っている。心配するのも無理はないが――。

（患者に心配されるなんて――医者失格だな）

ルスランは情けない気持ちで苦く笑い、首を振り振り、「ご案じなく」と応えた。

「島国のヒムカに比べれば、まだ大陸国家のクリステナのほうが混血の人間には慣れていて偏見も少ない。それに、何と言っても彼らとぼくは、故郷を同じくする者同士ですから、会話に不自由もない。ご心配には及びません」

「ドクトル――」

キサラギの案じ顔に、ルスランの胸はさらに痛む。今の自分は、この誠実な男に、あまりにも不誠実な秘密を抱えてしまっている。

――いったいぼくは、何をやっているんだ。

ルスランは自己嫌悪にまみれた。この世の誰よりも憎い男に犯され、抱かれて感じる体にまでさせられてしまい、挙げ句に噂を否定もできず、恋人呼ばわりまでされてしまって……。

「ドクトル」

独特の深みのある声に呼びかけられ、ルスランは「はい」と視線を戻す。

するると思いがけない近さに、男の顔があった。驚いて体を引こうとした瞬間、男の手に引かれてその胸の中に倒れ込み、突然、くるりと体が一回転する。

「え――」

ほとんど衝撃もなく、とさり、と寝台の上に転がされたのは、キサラギが柔術《じゅうじゅつ》の技を使ったからだ。銃創もまだ治りきっていないとは思えない、見事な体術だった。

「た、大尉――？」

何が起こったのか理解できないでいるルスランの顔を、キサラギは見つめ返してきた。熱く、切ない目だ。

「ドクトル……わたしをあまり、安全な男だと思わないで欲しい」

寝台の上に仰向けに寝かされ、身動きできないルスランを、キサラギの手が確かな力できつく押さえつけてくる。

「わたしとて、ただの普通の男だ。あなたに隙《すき》があれば、こうしてつけ込むことも厭わない」

「な、何を……」

困惑とも怯えともつかない衝撃に、体が竦む。そんなルスランを、漆黒の双眸が、じっ……と見下ろしてくる。

その唇から、衝撃の言葉が放たれた。

「あの大隊長殿と寝たのだな」

「――ッ……！」

ルスランは目を瞠り、息を忘れた。そんなルスランの首筋に、キサラギの指が触れる。

ぷつり——と、ボタンを外される感触。

「ほら、ここに——愛咬《あいこう》の痕《あと》が」

キサラギが古風な言葉を呟きながら触れた場所を、ルスランは反射的に手で覆った。

（——ッ、しまった……！）

衣服で隠せない場所は慎重にチェックしたつもりだったが、こんなうなじに近い後ろの位置は確かめようがなかった。さっと蒼褪《あおざ》めてのその仕草に、だがキサラギは意味深な苦笑を見せる。

「嘘だ。そんなものはない」

あっさりと告げられて、ルスランは絶句し、カッと怒りに紅潮する。

「——ッ、キ、キサラギ大尉ッ……！」

「すまない。これでも、情報将校の端くれだったので」

ルスランを罠にはめたキサラギが、くつくつと笑う。これまでの高潔な聖人の印象を裏切る、意地悪げな、悦《えつ》に入《い》った笑い方だ。ルスランは思わず目を瞠る。真面目一方な人だとばかり思っていたのに、こんな一面もあったなんて——。

「歩哨たちの噂話を耳にした。政治的な理由で長く引き裂かれていた恋人同士が、奇跡的に再会し、めでたく結ばれたと」

「——！」

そうだ、この男はクリステナ語を解《かい》するのだった——と、ルスランは血の気が引く中で気づく。歩哨の兵士たちは、おそらくそうとは知らずに、噂話をこの男に聞かせてしまったのだろう。

「あの鉄面皮の大隊長殿は、どうやら相当に人望を得ているようだ。兵士たちは敬愛する上官殿が、苦労の末に幸せを得たことを、素直に喜んでいた」

ひとりごちるような口調でそう呟いた後、キサラギはふっ、と笑みを消した。

「なぜだ——？」

怖いほど真剣に、問われる。

「あなたはあの男に母上を殺され、すべての財産を奪われたのだろう——？　それなのに、なぜ体を許したのだ……？」

「それは……っ」

釈明しようとして、ルスランは言葉に詰まった。あの男は——ユーリーは、ルスランをあからさまに脅迫したのだ。キサラギの身を守りたければ、俺と寝ろ——と。

そして自分は、それを受け入れて、男の手に堕《お》ち……。

——言えない。

ルスランは口をつぐみながら思う。

（そんなことを、この人に言えるわけがない——！）

そうと知れば、キサラギはきっと自分を責める。自分のためにそんなことをさせてしまったと、死ぬほど悔やむ。最悪、ルスランに迷惑をかけないようにと、自死するかもしれない。

（どうしたら……）

追い詰められたルスランの顔を覗き込みつつ、キサラギが「ドクトル……」と囁く。

「あなたは――やはり彼を……」

諦めの滲《にじ》み出た声だった。その言葉に込められた想いを、ルスランが察する前に。

鉄扉にどん、と体当たりする音。そしてそこが開かないことに苛立つように、カリカリ……と外側から掻く音。

続いて聞こえたのは、「わふっ」と空気に噛みつくような犬の声だ。

「ベオ……？」

びくりと慄いたのは、無論、人懐こすぎる大型犬に怯えたのではない。犬の後ろに、その実質的な飼い主のあの男がいる可能性が、頭をよぎったからだ。

キサラギもおそらく、吹雪の原野でのことを思い出したのだろう。ルスランが寝台から起き上がるのを妨《さまた》げず、逆に自ら体を引いて協力した。

――キサラギ大尉……。

一瞬、胸をよぎったのは罪悪感だ。もしキサラギがもっと卑劣で策《さく》を弄《ろう》するような男だったら、ここでルスランを逃がすようなことはしなかっただろう。ルスランに迫るところを、意図的にユーリーに見せつけたに違いない。

（……あなたは、本当に善良な人だ……）

こんなにもいい人が、どうしてこんな運命に……と哀しい思いで男を見つめると、キサラギもまた、寂しげな微笑を返してくる。ルスランは胸の痛みを抱えたまま一礼し、鉄扉を開けて病室を出た。

オンッ！　と漆黒の犬が、嬉しげに鳴く。

そこへ軍靴の音を忍びやかに響かせて、ユーリーがやってくる。

無言で視線を交わすふたりを、ベオが「どうしたの？」と言うように、小首を傾げて交互に見た。

「――診察は？」

長い不自然な沈黙の末に、ユーリーが問う。

「……今、終わった」

聴診器を白衣のポケットに仕舞いながら、ルスランは何食わぬ顔を作る。

――男の灰色の目が、それを凝視する。

「何だ？」

「――いや……」

またしても不毛で不完全な会話を交わして、ふたりは別れた。

傷病兵たちの療養棟へ向かう背を、ベオの黒葡萄《ぶどう》色の目と、男の灰色の目が、いつまでも追ってくるような気がして、ルスランは足を速めた。

キィ……ばたん、と、キサラギの病室の鉄扉が開いて閉じる音が聞こえたような気がしたが、気が急《せ》いていたルスランは、それを無視してしまった。

だから、気づかなかった。

この時、ユーリーが、寝台に横たわるキサラギと、相対していたことに――。

「やあ――」

キサラギはユーリーの顔を見て、不思議な微笑を浮かべたという。

「その顔つきだと、ドクトルの襟元が乱れているのを見たようだな」

「……」

「ひとりの佳人《かじん》を巡る男がふたり……さて、わたしをどうする気かな、少佐殿――」

可笑しげに挑発する声。

灰色の瞳をほの昏く光らせながら、ユーリーの両手が、ゆっくりと、首を絞める形になって、キサラギのほうへ伸びて行った――。


後年、医学用語としては完全に死語となるが、この時代にはまだ、「要塞熱」あるいは「帆船熱《はんせんねつ》」という言葉が現役だった。すなわち軍事要塞または捕虜収容所、あるいは大海を長期航行する船などの、周囲から隔絶《かくぜつ》された、かつ人の密集する空間で疫病が発生することは、まだそれだけありふれた現象だったのだ。

それはひとえに「衛生」や「清潔」という概念の不在が原因だった。特に戦場では、戦傷による死よりも、不衛生な環境の野戦病院に収容された後に感染症死する例が、圧倒的に多かったほどである。

「……これは典型的な要塞熱だな」

療養棟として使われている大部屋で、ルスランは熱にうなされ、呻吟《しんぎん》する傷病兵を診察し、改めて確信する。全身に生じる発疹《ほっしん》、高熱、頭痛、悪寒《おかん》と、そう診断すべき要件がすべて揃っている。

「でも、熱病なんて普通は熱帯のジャングルとか、もっと暑いところの病気なんじゃないんですか？こんな極寒の地で——」

相変わらず掃除夫姿で働くサーシャの疑問に、ルスランは患者を診つつ応えた。

「いやそれが、要塞熱に限っては意外に寒い地方で流行しやすいんだ。衣服や頭髪につく虫が媒介《ばいかい》する病気だからね」

「——？」

「つまり、寒い地方ほど人間は常時厚着をするだろう？滅多《めった》に洗濯などしない、毛皮やウールを用いた温かい衣服ほど、虫にとって居心地のいい場所はない。その点、熱帯では人間は薄着だし、そういう地方で着られる麻や綿は、比較的清潔にしやすいから——」

「なるほど、わかりました！」

大量のシーツを運びながら、サーシャは元気いっぱい自信いっぱいに応える。

「だからこうやって、患者の身辺を徹底的に清潔にすれば、感染の拡大を防ぐことができるってわけですね！」

「そうだね、それから建物の換気をよくすることも重要だ。最近建築された病院ではもう、患者の寝台ひとつごとに近くに窓をひとつ、というのが常識になっている」

「へー……」

「まあ、この寒冷地の古い砦でそこまでは望めないが——。さて、どうするかな……」

まめに清掃はされているが、キサラギの病室と同様、この療養棟も閉鎖的で換気が悪く、あまり環境が良いとは言えない。腕を組んで考えていた時、目の前の寝台に横たわっていた兵士が体を掻こうとしたので、ルスランはその手をそっと止めた。

「やめたほうがいい。掻き傷を作ると、そこから病原が体内に入ってしまう」

「へえ、でも、どうにも痒《かゆ》くて――」

もぞもぞと身を揉む兵士に、ルスランは「そうだよな……」と眉を寄せた。

「サーシャ、なるべく沢山、お湯を沸《わ》かしてくれないか。それとハッカ油はある？」

「あります！」

「ではそれを少し混ぜて、患者の体を清拭《せいしき》する湯を作ってくれ。入れすぎないように注意してね」

「はいっ」

サーシャはルスランの指示に従い、くるくるとよく働いた。まだ抵抗力の弱い少年を患者に触れさせるのは極力避けるべきだ、とわかってはいたが、ルスランもつい身動きが軽く人懐こいサーシャを使ってしまう。衛生兵たちは反抗こそしないものの、ルスランをまだどこか微妙に敬遠しているからだ。

「ドクトル・イセヤ」

そんな衛生兵のひとりが、おずおずと声を掛けてくる。

「うん、何？」

「要塞熱――となると、あまり助かる確率は高くないのでは……？」

低めた声には、倒れた兵たちにはさっさと見切りをつけるべきではないか、という意図が見え隠れしている。ルスランは高熱に苦しむ兵士のそばでそれを言う無神経さに、一瞬怒りを覚えたが、すぐに打ち消した。古い時代の医学では、それが常識だったのだ。ほんのすこし前まで、軍医は累々《るいるい》と積み重なる戦傷者たちの群れを前に、ほとんど何もできなかった。今は倒れて寝ついている高齢の軍医は、おそらく若い頃に学んだ古い医学的常識を彼らに叩き込んでいたのだろう。衛生兵たちが時代遅れな知識しか持たないのは仕方がないことだ。

「いや大丈夫。要塞熱は衛生的な環境さえ整えれば、意外に治りやすい病気なんだ」

「はあ、しかし……」

「大丈夫だよ」

にこり、と笑ってみせる。

「この病は患者の年代によって致死率《ちしりつ》が激変するのが特徴だ。六〇代以上の高齢者は一度罹《かか》れば助かるほうがまれだが、体力のある二〇代の若者ならそのパーセンテージは劇的に下がる」

「——そうなのですか？」

衛生兵が目を瞠る。そんな話は初耳だ、とでも言いたげな顔だ。

彼らが勉強不足なのではない。医学に統計学が持ち込まれたのは、まだそれほど昔のことではないのだ。若いルスランも軍医になってからそれを知り、その概念の斬新《ざんしん》さに驚いたくらいだ。そして皮肉なことに、それは戦争が起こるたびに進化している。大量の傷病兵が出ることによって、データの蓄積が進むからだ。

（医学の業《ごう》だな——）

ため息をつきたい気持ちを抑えつつ、ルスランは衛生兵の顔を見つめた。

「大丈夫だよ。まだみんな若いんだ。対処療法しかなくても、必ず全員助けてみせる」

それほど気負わない口調で告げて、ぽん、と衛生兵の肩を叩く。

「だから手助けを頼むよ」

まだ若い衛生兵はびくりと緊張し、「は、はい」と答えた。

「さてと、部屋の換気をどうするか、だったな……」

現在、三〇名ほどの患者がいる病室は、必ずしも充分な広さではなく、採光も換気も悪い。いっそあのだだっ広い、教会堂のような廊下に引っ越すか――？　と思案していた時、脇から伸びた手に、白衣をしっかりと握りしめられた。

「ド、ドクトル――寒い……！」

カタカタと震える兵士の唇は、真っ青だ。だが慌てて触れた額《ひたい》は、火が出るほどに熱い。

「オブロス准尉《じゅんい》、湯冷ましを！」

いつの間にか名を覚えられていたことに一瞬驚いた衛生兵が、吸い飲みを差し出す。「毛布を足しますか？」と尋ねられて、「それでは間に合わないだろう……」と応え、ルスランは思案の挙げ句、ぽんと手を打った。

「温石《おんじゃく》を使おう」

「オンジャク……？」

「サーシャ！　サーシャ！」

呼ばわると、忠実な少年従卒は子犬のように駆け寄ってくる。

「サーシャ、どこでもいい。暖炉かボイラーで、これくらいの……大人の拳《こぶし》くらいの石をよく焼いて、それを毛布か厚布で巻いたものを、患者の人数分だけ用意してくれないか」

「石……を焼くんですか？」

「そう、それを患者の布団《ふとん》に入れて、寝台を個々に温めるんだ。今のままでは、どれだけ燃料を焚いても追いつかないからね」

「わ、わかりました！」

「火傷《やけど》に気をつけて！」

「はい！」

「ドクトル、オンジャクというのは――」

「ヒムカの言葉だよ」

反発されるかな、と案じつつも、ルスランは震える患者の背をさすってやりながら告げる。

「古くから東方世界では、衰弱した病人の体を温めるために用いられた療法だ。蔵身法《ぞうしんほう》ともいう」

「……」

「奇想天外に思えるんだろう？　わかるよ。ぼくもヒムカに亡命したばかりの頃には、随分と原始的な方法だと思ったからね」

ところがこれが案外馬鹿にならないんだ――と続けようとした時、病室の外で、オンオンオン！と鳴く声がした。

「ベオ……?」

扉を開くと、案の定、漆黒長毛の大型犬が、そこで何やら忙しなく尻尾を振り回していた。ルスランの顔を見るや、オンッ！　と勢いよく鳴き、後ろ足で立ち上がって伸し掛かってくる。「うわっ」と声を上げて、ルスランは尻もちをついてしまった。

「な、何だ、どうしたんだベオ！」

オンオンオン！　と鳴きながら伸し掛かる犬を、「こらっ」と厳しく叱って大人しくさせる。

「病人のいる場所に来ちゃ駄目だと言ったろう！　お前に悪気はなくても、お前の体についた虫が病気を媒介するかもしれないんだからな！」

「ウワッ！」

不満げに吼える犬に、ルスランは立ち上がり、上からさらに言い募る。

「言うことを聞かないと、その自慢の長毛を丸刈りにするぞ！　貧相な痩《や》せっぽちの狼みたいになりたいのか！」

「……ウワッ」

そんなぁ……という表情で、ベオは項垂れる。くすくす、と笑いが漏れたのは衛生兵の誰からしい。

さすがに可哀想《かわいそう》になり、ルスランはふぅ……とため息をつきながらしゃがみ込み、目の高さを合わせてやった。

「どうしたんだ。ユーリーに構ってもらえなくて、寂しくなったのか?」

「クゥンクゥン」

違うんだよぅ……と鼻で甘えるように鳴いたベオは、ルスランの白衣の裾を咥えて引いた。一緒に来て――という風に。

「何だ、本当に何があったんだ？」

「ウワッ」

いかにも切実な表情でひと鳴きしたベオは、口から離れてしまった白衣をまた咥える。そして、来て、来て、という風に、何度も引っ張った。「こら」と叱っても、決して諦めようとしない。

「駄目だって。ぼくは今、手が離せないんだから――」

「行ってあげたらどうですか、ドクトル」

衛生兵のひとりが、苦笑気味の口調で勧めてくる。

「そいつは頭のいい奴です。この砦で、誰かがまずいことになっていたら、必ず察知して知らせにくる。それにどうやら、人間の心が読めるらしい」

「それはそうかもしれないけど……」

「吹雪のさ中でドクトルとあのヒムカの大尉を見つけたのもそいつなんでしょう？　信用してやって下さい」

それを言われると、ルスランは反論できない。そういえば、ユーリーだけではなく、このベオにも、雪の中でキサラギと素肌で温め合っているところを見られていたのだった。

思わず赤面し、「どうしたんです、ドクトル」と問われたのを誤魔化《ごまか》すために、「少しだけ行ってくるよ」と肩を翻す。

「ドクトル」

掛けられた声に振り向くと、衛生兵のひとりが微笑しながら敬礼している。

「清拭とオンジャク、確かにご命令の通りにしておきますよ」

それは深い信頼の言葉だった。他の兵も、次々に敬礼してゆく。

「……ありがとう」

胸がいっぱいになる――。

「あ、でも、低温火傷には注意してね」

ルスランは久方ぶりに気分が晴れる思いで、新しく得た仲間たちに、涼やかに敬礼を返した。


「え？　こっち？」

ルスランがベオに導かれたのは、意外にもつい数時間前に回診したばかりの、キサラギの病室がある棟だった。

「どうしたんだい？　大尉の病室なら、さっきは何もなかったよ？」

「クゥ」

いいからほら、ついてきてよ――と言いたげに喉を鳴らしたベオが、四つ足の爪で石床をカシカシと掻きながら先導してゆく。

そしてその黒い体は、やはりキサラギの病室の前で止まった。閉じた鉄扉を前に、「ここだよ」とばかり、ぐるぐると回る。

病室の気配は、しん、としていた。だがノブを回そうとした瞬間、中から「あははは」と笑う男の声が響き、ルスランの手を止めさせる。

思わず鉄扉についた格子窓から中を覗き込むと、そこには意外な光景があった。

「貴公も大概《たいがい》、不器用な男だな」

やや古風な言葉遣いながら、流暢《りゅうちょう》なクリステナ語で話すのは、キサラギの声だ。

「……貴様が言うな」

憮然《ぶぜん》と返す声は、こちらに背を向けて椅子に座るユーリーだ。軍帽を取り、足を組んで、妙にくつろいだ姿をしている。

（な、何だ……？　いったい何が起こったんだ？　このふたりが、どうしてこんなに仲良さげに話し込んでいるんだ……？）

ルスランにとっては、驚天動地《きょうてんどうち》の出来事だ。火と水のように性質が違うと思い込んでいた男ふたりが、こんなに和《なご》やかに会話を交わしているなんて――。

「しかしそれは貴公が悪いぞ。あまりに言葉が足りないのではないか」

「そういう性分なのだ。仕方がない」

機嫌のいいキサラギに対して、ユーリーは仏頂面《ぶっちょうづら》だが、この口の重い男がこれほど誰かと会話をすることと自体が奇跡的だ。

茫然とするルスランを、傍らのベオが尻尾を振り振り、得意げに見上げてくる。ね？　来てよかったでしょ？　とばかりに。

（う、うん、まあ――そうかな……）

犬の本能に従い、この砦の者たちを全員「仲間」だと認識しているベオにとって、ボスであるユーリーが、新参者のキサラギを受け入れたのは、無条件に嬉しいことなのだろう。そして「同じ新参者のルスランも、嬉しく感じるに違いない！」と考え、ここに連れてきたのだ――。

（……よしよし、お前はいい子だ、ベオ）

しゃがみこんで小声で褒めたルスランに、ベオは黒葡萄の目を輝かせて「クン」と鳴く。

そんなルスランの頭上に、鉄扉の格子窓から、「だが貴公はまことによい上官だ」というキサラギの声が降ってくる。

「このような辺境の砦に閉じ込められても、腐らず、倦《う》まず、節《せつ》を曲げず、よく兵たちの面倒を見て、目を配り――。そんな貴公だからこそ、兵士たちも堕落も絶望もせず、ここに踏みとどまっているのだ。これがいい加減な上官であったら、とうに兵たちは野盗の群れと化し、そこいらの集落を襲撃しているだろう」

「……よせ」

ユーリーが短く制止したのは、不快だったからではなく、褒められて面映《おもは》ゆいからだ――と、なぜかルスランには伝わってくる。

「だから信じられぬ――貴公が金銭を目当てに、ドクトルの母君を撃ち殺したなどと……」

「――！」

キサラギが穏やかに落とした爆弾に、鉄扉を隔《へだ》てて、ルスランとユーリーが同時に緊張する。

(それは——)

「……貴様が信じようと信じまいと、それは事実だ。射殺の瞬間は……ルスランも見ている」

——そうだ、その通りだ……。

ルスランは男の声に内心で同調しながら、回想する。

あの冬の日。雪が降っていた帝都の夜。父の処刑の報《しら》せを聞き、その棺《ひつぎ》の到着を待ちながら、母とふたり抱き合って震えていた時の光景を。

あの時、母は——。まるで少女のように小柄で頼りなげだった、母は……。

——許して、ルスラン。

母の思い詰めた声が脳裏で囁く。

——許して——。

「……これは憶測《おくそく》だが、少佐殿」

キサラギが揺るぎなく確信を滲ませた声で問う。

「その時、レオポリート伯爵夫人は、ドクトルを……自分の息子を殺そうとしていたのではないか?」

「……」

(——え……?)

鉄面皮のままであろうユーリーに代わるかのように、ルスランが、ぎくり……と体を震わせる。

「否定しないのだな」

ユーリーが応えないことを、キサラギは肯定と受け取ったようだ。

「わたしは夫人と同じヒムカ人だからな。夫を失った妻が、先行きの心細さに負けて、子と無理心中して後を追おうとする——という手《パターン》の事件は、何度も見聞きしてきた」

あ——とルスランは気づく。

——おお、ルスラン。

——よくお聞き。母はここから、永久に去ると心を決めました。

——酷いことですが、あなたもこの母と共に来なければなりません。誇り高きレオポリート伯爵の子として、覚悟をお決めなさい、ルスラン……。

(あれは……)

ルスランはやっと気づいた。母があの時、「逃げよう」とは明言しなかったことに。

(あれは、『ふたりでクリステナを去って、どこか別の国で苦難の道を行こう』という意味じゃなく、『自分と共に天国の父の元へ逝《い》こう』という意味だったのか……?)

ではあの時、母は母子心中を企《くわだ》てていたのか。母の胸に抱き込まれていたルスランには見えなかったその手には、何か凶器が握られていたというのか。茫然とするあまり、ルスランは鉄扉に背を預けて、へたりと石床に座り込んでしまった。

(……そんな……嘘だ、信じられない…………)

ルスランはとっさに心の中で否定したが、キサラギは母と同じ純血のヒムカ人だ。憶測が当たっている確率は高い。もしそうなら、ユーリーがあの時、母を撃ったのは……。

(まさか――!)

しばしの沈黙に、吹雪の音が降り積もる。

「……貴様の推測通りだ」

不意に、ひゅぅぅ……と吹雪の音が響く。

「あの時、レオポリート邸に駆けつけた俺は、ガラス戸ごしにルスランを刺そうとしている夫人を見、とっさに銃を抜いて射殺した。当時の俺の腕では、夫人の手のナイフだけを撃ち落とすなどという高度な真似《まね》はできなかったからな――」

認めた。

ユーリーが認めた。それはルスランに、息も止まるほどの衝撃をもたらした。

(じゃあ……あいつが母上を撃ったのは……!)

――ぼくの命を守るためだった……?

(そんな――……!)

ルスランは座り込んだままひどく混乱した。そんな――……!

「では……ドクトルはこの一〇年、貴公を誤解……」

「誤解ではない」

ユーリーはきっぱりと告げた。

「誤解ではない。俺はあの時、はっきりとした怒りと殺意を抱いてサヨコ夫人を殺した。ルスランを傷つけようとする輩は、たとえ自分の母に等しい人でも許せなかったのだ。だから、ルスランの俺への怒りと怨みは正当なものだ」

「しかし――だからと言って貴公は、今までドクトルにひと言の言い訳もしなかったのか？　ドクトルに憎まれるままに、ただ黙ってそれに耐えてきたのか？」

半ば呆れたようなキサラギの声に、ユーリーの固い声が応じた。「では貴様ならどうする」と。

「自分が憎まれたくないがために、お前はあの時母親に殺されかけたのだ、などとルスランに知らせるのか？　たまたま夫人の手から飛んだナイフがソファの下に転がり込んだという幸運の賜物《たまもの》で、今までそのことを知らずに生きてこれたルスランに、今さらそんな残酷な事実を知らせるのか？」

「……それは……」

キサラギは一瞬口ごもったが、やがて迷いを振り切るように答えた。

「いや、それが貴公なりの誠意だというのはわかるが、やはり誤解を放置しておくのは良くない。ドクトルとて、この一〇年、貴公を憎み続けるのは苦しかったはずだ。それに彼は本来、寛大でやさしい人だ。貴公は貴公なりに必死に、ドクトルの命を守ろうとした。母君の死がそれによって起こったと知れば、つらくてもきちんと事実を受け入れてくれるだろう。だから、貴公も――」

「いいや」

ユーリーの声が、キサラギの慰めを遮る。

「仮《かり》にあの時、俺がサヨコ夫人を殺さなかったとしても……俺の父は、レオポリート伯爵家を破滅させた元凶だ。父が夫人を讒訴《ざんそ》などしなければ、伯爵家は帝国貴族として今も安泰で、ルスランは父母と共に豊かで平和な暮らしを享受《きょうじゅ》していただろう。俺は、そのすべてを奪った仇の息子だ。その俺がルスランの許しを乞うなど——どうしてそんな、虫のいいことができる——？」

ふぅ、とため息の音は、キサラギだ。

「貴公は思い詰めすぎだ。父親の愚行《ぐこう》の責任まで貴公が背負い込む必要がどこにある。それに、レオポリート家の家財を強奪したという件も、おおかたドクトルが亡命先で経済的な苦労をせずに済むよう、計らうためだったのだろう？　そうではないか？」

「ああ……そうだ。俺はあの時、ルスランと夫人の手に少しでも財産を残してやるために、盗品の売買を生業にしている無頼の輩に頼んで、夜のうちに少しでも家財を現金化しておこうと考え、レオポリート家に向かった」

（——えっ）

「ところが俺は夫人を殺す羽目になり——無頼の者たちの勘違いもあって、まるで伯爵家の財産を強奪するのが目的で乗り込んだような形になってしまった。それでも、ルスランの亡命先に金を送れば、少なくとも金に関する誤解だけは解けるかと思っていたのだが……。何度かに分けてヒムカに送った金は、結局ルスランの手には渡らずに、サヨコ夫人の実家に横領されてしまったようだ」

ルスランは絶句した。ユーリーは、レオポリート家の財産を強奪していなかった……？

ルスランの驚きを引き継ぐかのように、キサラギがまたため息をつく。

「そうか——それは悔しいことだったが、クリステナとヒムカの間でそうそう細かい連絡などつくものではない。それは貴公のせいではない。夫人の実家の者どもが腹黒かったせいだ」

キサラギが目の前のユーリーを諭《さと》すために発した言葉が、ルスランの耳にも届いた。

（そうか）

そうだったのか――と、衝撃に震えながらも納得する。母の実家は元御典医《ごてんい》という名家だったが、内情は火の車だったから、おそらく外国からいきなり届いた大金に目が眩み、ルスランがすでに家を出ていたのを幸い、こっそり懐《ふところ》に入れて知らん顔を決め込んでしまったのだろう。いかにもありそうなことだ。

それに、外国行きの汽車に乗せられたルスランのポケットに突っ込んであったあの金貨も、あの夜、ユーリーが奔走《ほんそう》し、どうにか工面したものだったに違いない。身ひとつで国を追われる者にとって、金銭は最後の命綱だ。実際、ルスランはあの金でヒムカまでたどり着くことができた。少し冷静に考えてみればわかることだったのに、ユーリーへの憎しみが目隠しとなって、今までまったく気づかなかった……。

「俺は」

ルスランが聞き耳を立てていることも知らず、ユーリーは続けた。

「俺はあの頃……心から、レオポリート家の人たちを……穏やかで愛妻家の伯爵も、異国から来た嫋《たお》やかなサヨコ夫人も、兄弟同然に育ったルスランも愛していた。実家のクレオメネス家の父母は不仲で、家の中は物心ついてからずっと冷たい空気だったから、なおさらな――」

砦に夕暮れが迫っている。刻々と冷たく凍えてゆく廊下の空気で、それがわかる。

「だから俺はあの時……サヨコ夫人を殺してしまい、ルスランに罵られた、あの時……」

喉をひゅっと鳴らし、苦しげに息を整えようとしながら、ユーリーは告白を続ける。

聖職者の前に跪《ひざまず》いて告解《こっかい》する罪人のように。

「俺はこれですべてが終わりだと思った。もうすべて終わりだ。あんなにも温かかったレオポリート家はもうこの世にない。俺を愛してくれる人は、もう誰もいない。俺はもう、生涯ルスランに許してはもらえない……そう感じた瞬間、絶望感で目の前が昏くなった。そして気がついた時には、俺は……俺はルスランを……」

「少佐殿」

キサラギの声に、咎めたり嫌悪したりする色はなかった。むしろ心中の澱《おり》を吐き出そうとするユーリーを、どうしてもつらいなら無理に話さなくていい、と労《いたわ》るような響きがあった。

うっ、と嗚咽を噛む音がする。

「俺は——俺は悪魔だ……！」

ユーリーの声がくぐもっているのは、両掌《りょうて》で顔を覆っているからだろう。

「いつも、愛する者を守るつもりで、破壊し、傷つけ、嫌われてしまう……！　そういう運命に陥る呪いを背負って生まれたとしか思えないほどに、いつも、いつも——……」

（ユーリー……）

泣いているのか……？　と察したルスランは、小さくない衝撃に動揺した。あのユーリーが、涙を……？

（ぼくの前では、一度も泣いてくれたことがないユーリーが……）

まだ出会って日も浅いキサラギに、泣きながら、押し隠してきた胸の内を吐露している。その事実を前に、ルスランは（どうして）と憤《いきどお》りに似たものを感じずにいられなかった。どうして、ぼくには何も言ってくれなかったユーリーが、キサラギ大尉にはこんなにも——。どうしてだ。どうし

「だがな、クレオメネス少佐——」

ぎしっ……と音がして、キサラギが寝台の上に身を起こしたことが伝わってくる。

「ドクトルは貴公を心から愛しく想っているぞ。旧友ではなく、想い人としてな」

——え……？

ルスランの驚きに重なるように、馬鹿な——と、鼻で笑う気配がした。

「目の前で母を殺した男を、想う者などいるものか」

「だからこそだ」

わからないのか？　と呆れ、ふーっ……と、嘆息《たんそく》する音。

「本来、ドクトルは執念深く人を怨むような性質の人ではない。現にヒムカへ亡命して以降に人から受けた仕打ちに対しては、こちらがもどかしくなるほど寛容だ」

「……っ」

ぐさりと刺さる指摘に、ルスランは声を立てないよう、慌てて口元を掌で覆う。

「それなのに一〇年間、ドクトルは貴公の仕打ちへの怨みつらみだけは心に留め続けてきた。それはそれだけ深く、貴公を愛しく想っていることの裏返しだ——ユーリー・クレオメネス」

ことさらのように全名を呼んでから、キサラギは告げた。

「愛情と憎悪は、執着という一枚のカードの裏表だ。貴公も、それを知らぬほど子供でもないだろう

「なぜドクトルの気持ちがわからない？」

 名を呼ばれた男は、沈黙している。どんな表情をしているのか、ルスランにはわからない。想像もつかない。

そして、自分が今、どんな顔をしているのかも――。

(ぼくが――)

がたがたと震える。その鼻先を、ベオがすんすんと嗅ぐ。

(ぼくが、ユーリーを愛している……?)

馬鹿な――と思う。

以前のルスランなら、一笑に付していただろう。自分を裏切り、母を殺した男に、そんなことはありえない――と。

だが一〇年前のユーリーの行動が、ルスランを救うための止むを得ざる措置《そち》だったと知った今、以前のように、ひたすらに憎むことはもうできない。

財産強奪のために、友を裏切った卑劣な男だと軽蔑することも、もうできない。

そして、ルスランを犯そうとしたのも、ユーリーなりに追い詰められた心情からのことだったのだと、知ってしまった――。

(あ……あ……)

その事実は、ルスランを動揺させた。

この男を憎み嫌う理由を、自分は失ってしまったのだ――。

ひたすら困惑し、混乱するばかりのルスランの耳に、コンコン、と咳き込む声が聞こえてくる。

「……大丈夫か」

冷たくも聞こえるほど、静かな声のユーリーが問う。

「ああ……心配ない。少し室温が下がったからだろう――」

この病は、空気の微妙な変化に敏感でね――と、キサラギが応える。

「こんなに長居をすべきではなかったな」

椅子が軋み、ユーリーが立ち上がる気配がした。鉄扉の影のルスランは慌てて、そろり……とその場を離れる。

「苦しいならルスラ……ドクトル・イセヤを呼ぶぞ」

「いや、大丈夫だ。彼も疫病の対処で多忙なのだろう？　煩わせるには及ばない」

「――そうか」

そっけない声。

「よく休め」

「ああ……」

鉄扉が開く寸前、ルスランは這うような姿勢で逃げ出し、かろうじて曲がり角の陰に身を隠した。

ベオは何食わぬ顔で主人を待ち受け、おすわりの姿勢で、ふさふさと尻尾を振っている。

「キサラギ大尉」

片手で犬を構ってやりながら、ユーリーが呼びかける。

「もう大尉でも何でもない身だが——何か？」

苦笑しつつの、キサラギの声。

「気遣いを——感謝する」

ユーリーは、鉄扉を閉め際、キサラギにそう告げた。

何に対する感謝か、この言葉少なな男ははっきりとは言わない。言わないままに鉄扉を閉め、カツカツと靴音を響かせて遠ざかる。

だがルスランには、それが心中を打ち明け、長年の心の澱を濯《すす》げたことに対する感謝だとわかった。

ユーリーの中でも、自身の過去が一段落したのだろう。声に、憑《つ》き物が落ちたような安堵と解放感が表われている。

物陰に隠れて男の足音をやり過ごしながら、ルスランは自分のつま先を、じっと見つめ続けた。

つい先ほどまで熱く膿《う》むような憎悪が埋めていた部分に、ぽっかりと穴が開いたような気持ちを、どうすることもできないまま。


螺旋の石段を上るにつれて、徐々にバイオリンの音色が鮮明に、大きく聞こえてくる。

ルスランは一日の仕事に疲れた体を引きずり、幾度も壁に手を突いて、ようやくの思いで塔の中段の自室にたどり着いた。そしてこの砦の王が弾く、流れるような旋律を耳にしながら、深い物思いに捕らわれる。

（ユーリー……）

長く怨み続けた、だが本当は自分を思い遣ってくれていた幼なじみ。

――俺は、俺は悪魔だ……！

――いつも、愛する者を守るつもりで、破壊し、傷つけ、嫌われてしまう……！　そういう運命に陥る呪いを背負って生まれたとしか思えないほどに、いつも、いつも――……。

ルスランは唇を噛む。

（ぼくは――あいつのことを、何も理解していなかった……）

一〇年前のあの時、ユーリーはルスランを守るために懸命だったのだ。そして幼い頃からずっと、とても孤独だったのだ。そのことを、ルスランは少しもわかっていなかった。

実家に居場所のない彼の寂しさもわからず、レオポリート家の家族を心から愛していながら、運命に翻弄されるまま、それを破壊する行為に加担してしまった苦悩も察せず、ただ一方的に、立派で頼りになる万能の幼なじみ像をユーリーに押しつけ、それが破壊されたことに、一方的に怒っていただけだったのだ。

そのことを思い知らされた昼間の、ユーリーとキサラギの会話を漏れ聞いた衝撃は、夜が更けても、決して小さくはない傷をルスランの心に穿っている。

（ユーリーがぼくを傷つけたんじゃない。ぼくがユーリーを傷つけていたんだ……）

悔恨《かいこん》を噛みしめつつ扉を開けて、ルスランはその場でぎょっと立ち竦んだ。

「あっ、お帰りなさいドクトル！」

「サーシャ……」

ルスランを立ち竦ませたシーツと洗濯物の塊の陰から、ぴょこんと顔を出したのは、働き者の少年従卒だ。

「すみません、この汚れ物を出してしまいますから、そこを空けて下さい」

自分の背丈よりも高く積んだ布地の山を抱え持ち、ずりずりと室外に出ようとするサーシャに押されるように、ルスランは片身を退いて道を空けた。そして廊下にどさりとシーツを置く少年の、まだ幼い後ろ姿を見て、顔を顰《しか》める。

「サーシャ、君いったいいつ寝てるんだい？　よく働くのは感心するけど、傷病兵たちの世話に加えてぼくの身の周りのことまでしてたんじゃ、体がもたないよ。疲れを溜めると病気にも罹りやすくなるんだから、ちゃんと夜は休まないと――」

「でも、少佐のご命令ですから」

「シーツくらい、汚れたら自分で替えるよ。ぼくは客人じゃないんだから、そんなに気を遣わなくったって……」

「いえ、少佐はこのお部屋に、明日からキサラギ大尉を入れてやれとお命じになったんです」

ご存じなかったんですか？　と不思議そうに問われて、ルスランは呆気に取られる。

「――聞いていないよ」

確かに、捕虜になった日にそうしてくれと要求した記憶はあるが、なぜ今になって――？　と首を傾げると、少年はルスランと同じ仕草をした。

「でも確かに、ドクトルは自分の部屋に住まわせるから、ここは捕虜に使わせていいって――。ああ、きっと少佐は知らせずにおいて、ドクトルを驚かせようとなさったんですよ！」

ぽんと手を打って、サーシャは自分のことのように嬉しげな顔をする。ルスランは返す言葉を失った。自分の部屋に住まわせるって……ぼくを？

「よかったですねドクトル！　病気になった兵隊さんたちも何とか回復しそうですし、これからはもうずっと少佐と一緒に過ごせますよ！」

「いや……それは」

「少佐がおっしゃるには、この戦争も、冬が終わるまでだろうって。春が来て雪が溶けたら、みんな国へ帰れるだろうって！」

「……」

「そうしたら、ドクトルも少佐と一緒に帝都へ戻られるんでしょう？　捕虜のおふたりはどうなるんでしょうって少佐にお聞きしたら、『悪いようにするつもりはない』っておっしゃってましたよ！」

「そ、そう……」

それは通常、国家間戦争では和平条約が結ばれると同時に、互いに捕虜の釈放が行われるのが慣例だからだろう、とルスランは思った。そうなれば、おのずとルスランとキサラギは自由の身だ。その後の身の振り方はともかく、今以上に悪いようになるはずもない。ユーリーはそれを言おうとしたのに違いない。いつもながらあの男は、人への言葉が足りなさすぎる――。

（母の件だって、ひと言でも釈明があれば、ぼくだって、こんなに延々と怨みつらみを抱えずに済んだのに……)

　これじゃあ、何も知らずに一〇年も君を怨み続けていたぼくが、性格の悪い、恩知らずな悪人みたいじゃないか。そう思うと、何やら今までとは別の憎しみが湧いてくる。

(馬鹿な奴だ――)

　ルスランの胸は、また強く痛んだ。傷病兵たちを前にしている時は、「今は個人的なことを考えるべきじゃない」と自分を戒《いまし》めて思い出すことを避けられたが、今はそうはいかない。

(ユーリ……)

　不器用で孤独な男の面影が、胸に痛い。

　あの男はいったい、今までどれほどの孤独と寂しさに耐えてきたのだろう。しかも、たったひとりで――。

　その時、螺旋の石段をカシカシと爪が掻く音が降りてくる。

「――ベオかい？」

　声を聞きつけて降りてきたらしいふさふさのシルエットに声を掛けると、漆黒の大型犬は、毬《まり》のように弾《はず》んで足元に駆け下りてくる。そして「わふ」と嬉しそうに鳴き、ルスランの袖口を咥えた。

「お、おい、ベオ……！」

　ぐいぐいと引っ張られて、その力強さに、ルスランは石段の上でつんのめりそうになった。何やってるのさ、早くご主人さまの部屋へおいでよ、とばかり、ぐるぐると急かすように尻尾が揺れている。

「ドクトル！」

犬に引きずられて石段を上って行くルスランに向かって、サーシャは「お幸せに！」と元気な声を掛けてきた。

「いや、あの、サーシャ……。ベオおい、ちょっと、待てったら！」

「わふっ」

そうして一層上へ引きずり上げられたルスランは、そこで黒葡萄の瞳にじっと見つめられた。期待を込めた目だ。

「わかったよ、そんな目で見るな……」

まるで「早く入りなよ」と促しているかのようなベオの純真なまなざしに負けて、ため息交じりにユーリーの部屋の扉をノックする。一度目は反応がなく、しばらく待って二度目を叩くと、ちょうどバイオリンの音色が途切れたタイミングで、すぐに「入れ」と命令口調の声がした。

扉を開いたルスランと、瞬間、目を合わせただけで、ユーリーはそっぽを向き、再度弓を動かし始めた。その態度に一瞬むっとしたルスランも、まあ、じっと見つめられても困るしな……と思い直し、入室して扉を閉める。ベオは部屋に入ることなく、また階段を引き返して行った。おそらくサーシャのところへ行くのだろう。このひとりと一匹は、夜は同じ部屋で眠っているようだ。

「湯を使え」

不意に、弓を止めもせず、顎で石壁の方向を示して、ユーリーが言った。

「沸かしておいたものがある。まだ熱いはずだ。夜着《やぎ》もそこにあるだろう」

そこには、机上の穴にはめて保温機能を持たせた琺瑯《ほうろう》の壺と洗面器、それに清潔なタオルとアイロンの当てられた夜着が用意されていた。昔から貴族の寝室によくある洗顔用キャビネットだ。古びてはいるが、こんな辺境の砦には似つかわしくないほど優美で繊細な意匠《デザイン》なのは、おそらくかつてこの部屋に監禁されていたのが、身分ある貴婦人だったからだろう。

「……使わせてもらう」

変に遠慮をするのも嫌で、ルスランは無愛想ながら素直にそれを受けた。ユーリーは、相変わらずルスランのほうを見もしないで、練習曲の旋律を繰り返している。軽々と弾いているが、かなり高度な技法だ。

気まずい思いをしながらも、ルスランは湯を使った。幸い古びた品ながら細工の美しい屛風《びょうぶ》型の衝《つい》立《たて》があり、それを広げれば、男の目の前で全裸にならずに済む。

（でも……この部屋、寝台はひとつしかないよな……）

脱いだ衣服を衝立に掛けながら、余計な連想に頬が熱くなる。

「言っておくが、床で寝る、などと言い出すなよ」

するとお見通しとばかり、ユーリーの声が釘を刺してきた。

「いくら俺でも、一日中傷病兵を診てきた疲労困憊《こんぱい》の医師に手を出したりはしない。安心しろ」

「……当たり前だ！」

安心しろなんて、どの口が言うんだ、とルスランは憤慨《ふんがい》した。人を脅して、あんな無体を働いておいて……と怒りが湧いてくる。だがユーリーのほうは、相変わらずの鉄面皮だ。キサラギ大尉の前では子供みたいに泣いていたくせに……と、ルスランにはそれも面白くない。と言うより、それが一番面白くない。ぼくには何も打ち明けてくれなかったのに、どうして大尉にだけ――。

「兵たちは回復しそうか？」

司令官としては当然の質問に、ルスランは湯で絞ったタオルを使いながら応えた。

「皆まだ若い。極端な不衛生や栄養失調が重ならなければまず大丈夫だ。あとはまだ健康体の兵士の間に蔓延しないように、媒介源の発生を抑え込めるかどうかが鍵だな」

「清潔を徹底するよう、兵たちに命令しておこう」

ユーリーは頷きながら言った。もっとも、砦の内部はルスランが見たところすでに手入れも清掃も行き届いており、今さら命じなくとも軍医が口を出す余地はないように思えた。司令官としてのユーリーの力量の賜物だろう。

（これが無能な司令官だったら、平気で兵士たちを虫まみれにさせたり、糧食補給を怠《おこた》って栄養失調に陥らせたりするからな……）

もしもこの砦がそうだったら、病の猛威を前に、ルスランの力など到底及ばなかったに違いない。どうにか事態を収拾できそうなのは、この男がいたからこそだ。

「……お前はいい司令官だ。人を従わせる才能があるよ」

つい、何の気なしに漏らした言葉に、バイオリンの音色がぴたりと止まる。

ユーリーは本気で驚いたようだ。背を向けていたこちらのほうを振り向き、目を瞠っている気配が、衝立の向こうから伝わってくる。

「な、何だ」

「いや――……」

男は絶句したきり、そのまま長く沈黙した。どうやら茫然としてしまっているらしく、そのままバイオリンを弾こうとして、この男らしくもなく、濁った不協和音を出してしまい、弓を止める。

(何もそんなに驚かなくても……)

男の驚きように逆に気まずくなって、ルスランも黙って体を拭くことに専念した。すると突然、衝立の向こうから、

「お前も、素晴らしい名医だ」

などと告げる声がする。

「サーシャから聞いた。最新の医療知識。柔軟な発想、的確な判断力。軍医だからと嵩《かさ》にかからず、傷病兵たちを労るやさしさ……今ここに、お前がいてくれて、どれほど皆の助けになったことか」

(…………!)

数秒、何を言われたのか理解できなかった。そのまま時が過ぎる。

夜の吹雪。スチーム暖房の音――。

ルスランは頬の熱さを自覚しながら急いで夜着を身に着け、バッと音を立てて衝立を押しのけるや、「先に寝るぞ!」と天蓋から降りる帳の中に飛び込んだ。寝台に横たわり、「おやすみ!」と叩きつけるように告げて、シーツを頭から引きかぶり、横を向いて体を丸める。

男からの反応はない。

「……っ」

――素晴らしい名医だ。

言われたばかりの言葉が、脳裏でこだまする。

(それは――だって……)

東方のヒムカにあっても常に最新の学術論文を手に入れ、医学界のニュースに目を凝らし、最先端の医学情報を身につけるよう心掛けていた自負はある。だけどそれをこんな風に誰かに認められたのは、初めてだ――。

シーツの狭間で、どくん、どくん……と鼓動《こどう》が高まる。馬鹿馬鹿しい、と思っても、湧き上がる誇らしさと嬉しさを抑えられない――。

(な、何だよ……急に愛想よくなって……。キサラギ大尉に、秘密を告白してスッキリしたからか……?)

だとしたら、やっぱり何か面白くない……と考えながら、目を閉じる。

(それとも……大尉が言ったことを、真に受けているから……?)

厚布の帳一枚隔てた向こうから、再びバイオリンの音色が聞こえてくる。それなりにルスランに気を遣っているのか、物静かな曲調だ。

やがてその音も止み、ブーン……と唸る音も止まって、灯りが落とされたことがわかった。さらさらと布の音がするのは、ユーリーが寝支度を整えているのだろう。吹雪の音は、相変わらず陰気に響き続けている。

この塔にいるユーリーとルスランを、世界のすべてから隔絶するかのように――。

帳が少し、引き開けられる気配。

寝台の端が、ぎしり……と軋んでたわむ。

体が背中側へ少し傾くのを感じて、ルスランは思わず身じろいでしまった。背中に体温が伝わる距離に、男の体が横たわる。

ひゅおぉぉぉ……と吹雪が唸る。

そのまま目を閉じ続け、耳の奥で自分の鼓動を聞きながら、ルスランは思った。

(……うう、眠れない……)

不眠の原因であるユーリーはといえば、暗闇の中、起きているのか寝ているのか——というより、生きているのか死んでいるのかもわからない静けさで、仰向けのまま微動だにしない。

そのまま、時が過ぎる——。

横たわったままだというのに、奇妙に疲れを覚えて、ふぅ——とため息をついたその時。

「——眠れないのか」

突然、男の低い声がして、ルスランは思わず「っ……!」と声にならない悲鳴を上げてしまった。

背後で、男がむくりと身を起こす気配——。

「そうあからさまに意識されると、俺も困るのだが……」

「——っ、い、意識なんてっ……」

反抗しつつ体を固くした次の瞬間、男の片手に肩の丸みを包み込まれ、声を失う。

「何——」

引き攫《さら》うように抱き込まれたのは、胸の中だ。背中から腰にかけてを、男の体の熱さが隙なく覆う。

「寝かしつけてやる」

「え……？」

何をする気だ——と警戒したルスランの下肢に、男の手が滑り込んでくる。

そして形を確かめるように、やんわりと握り込まれた。

「な——」

「動くな」

低い声で咎められなくても、急所であるそこを捕らえられては、もうどうすることもできない。

「あ……や、やめ……っ……」

男の指が、いきなり先端をこね回してくる。

「ここを楽にしてやれば、体の力も抜ける」

「……っ」

男の意図を悟って、ルスランは絶句した。男の生理として、体が疲労困憊している時ほど性欲が高まるのは事実だ。精液を排出すれば当然、溜まった心労《ストレス》も抜けるだろう。

(だ、だけどっ……)

男の手の動きに、つま先がシーツを蹴ってもがく。

「あっ、ば、馬鹿っ……し、したければ、自分でするっ……！」

「遠慮するな」

揶揄《やゆ》するでもない、しごく真面目な口調で言い、ユーリーはさらに深くルスランの体を抱き込んだ。

「人の手でされたほうが気持ちがいいのは、男の本能だ。恥じる必要はない」

「は、恥じるに決まってるだろっ……！」

「いいから力を抜け」

耳のすぐ後ろで、男の声が囁く。そして、鼻腔《びこう》をくすぐる、若々しく少し青い匂い——。

「い、やだ、って……！」

ルスランは、嫌悪ではなく恥じらいに身を捩る。たとえすべてを奪われ、肉体の隅々まで見られた関係であっても、恥ずかしいものは恥ずかしいのだ。

「こんなので、イケる、わけ、ないだろっ……！」

「……そうか」

往生際悪くもがいているルスランの背後で、男が考え込む気配が伝わってきた。嫌な予感しかせず、ぎくんと震えた刹那、粘液に濡れた男の指が、尻の狭間をたどり始める。

「い……やぁ、っ……！」

予感通り、すでに数度犯されている孔《あな》を指で穿たれ、中まで侵入される。押し寄せる粘膜の圧を掻いくぐり、たちまち、その指先は奥の快楽の壺を探り当ててしまった。

「ひ、っ……」

巧みな指使いが、バイオリンを弾くように、奥の腺《せん》を掻く——。

「ここを刺激されれば、出せるだろう」

耳朶を舐めるような距離で囁かれて、たちまち、夜着の下で乳首が尖り、胴が震え始める。「ああ……」と零したため息は、もう甘く切ない。

「お、願――ユーリー……」

ルスランはシーツに摑まり、切れ切れに喘いだ。

「そこは、駄目っ……」

「なぜだ？　気持ち良さそうにしているのに」

「だ、だって……っ」

声になりふり構わぬ哀願の色が満ちる。

「そこ、されると……っ……中、に、ほ、欲しくなる……っ……から……」

男の指が、ぴたり――と止まる。

幾度も瞬きをするかすかな音と、息を詰める気配が伝わってきた。

（あ……し、しまっ……）

中を慰めてくれるものが欲しくなる、なんて――。煽《あお》ったも同然だ。羞恥心《しゅうちしん》に、カッ、と首から上が熱くなる。

「ルスラン――」

男の腕の力が、真綿で絞められるようにじわり……と強くなる。

「ユー……リー……」

ルスランはその腕に囲われながら、しなやかにもがいた。男の愛撫はやさしく、無理に奪おうとする気配はない。だが糸を広げる蜘蛛のようにしたたかに、ルスランを絡め取ろうとしている――。

(逃げ……られない)

闇の中で、ルスランは低く喘いだ。男の手が与える蜜のような快楽に、体が溺《おぼ》れ始めていた。

――ドクトルは貴公を……心から愛しく想っているぞ。旧友ではなく、想い人としてな……。

(そんな――)

そんなことがあるはずがない。ルスランはのたうつように儚《はかな》い抵抗を続けながら、脳裏に刻まれたキサラギの言葉を否定しようとした。

(そんな、こと、ある、わけがっ……)

だがもう、できなかった。

この男がどれほど孤独だったか。

どれほど懸命に、ルスランを守ろうとしてきたか。

それを果たせなかったことに、どれほど傷ついてきたか。

すべてを知ってしまった、今は――。

「ルスラン」

顎を捕らえられ、振り向かされた。

「……入れるぞ」

欲望に火がついた男の顔を間近に見て、息を呑む。

怖いほどに真剣な目が、その奥に焔《ほむら》を宿して、ルスランを見つめている。

ルスランは灰色の瞳に呑み込まれ、捕らえられて、その焔に炙《あぶ》られた。

（熱い……！）

淫らで、被虐的な悦びが湧き上がる……。

——自然に、引き合うように、唇が重なっていた。

同時に、ほぐれた入り口に押し当てられる感触を、もう拒めない。

「ユーリー……」

ひどくしないでくれ……と哀願するつもりが、逆にねだるような声になってしまう——。

「あ……ああっ…………！」

埋め込まれる感触——。

着衣のままの交わりに、横たわった体がひくひくと跳ねた。

「うっ……。ふ……」

男は半ばまで納めたところで一度休み、あとはじりじりと突き刺していく。激しく快楽を追う動きではなく、じっくりと味わうようなやり方だ。

「ユー……リー……」

悔し涙に濡れ、高まる性感にぶるぶると震える体を、男の腕が抱え込む。

「楽にしていろ」

ちゅ、とうなじを啄まれて、深い声で告げられる。

「愉しませてやる——」

その言葉に、嘘はなかった。

ユーリーは、ルスランの体をどこまでも穏やかに、しかもゆるやかに長く愛撫し続けた。

自分の欲望を満たすためではなく、ただただルスランを悦ばせるために――。

「ああ……ユーリー……ユーリー……」

ルスランは頤《おとがい》を反らし、背後の男に頭を預け、滴る甘露《かんろ》に溺れる。

奪われるのでも、支配されるのでもない。

それは、紛《まぎ》れもなく――交歓、と言うべきものだった。

長く隔てられていたルスランとユーリーの間に、今、再び何かが通い始めたかのように――。

振り向いた顔に、望んだ通りのキスをされる。

胸を弄って欲しい――と望めば、すぐにユーリーの手がそれに応じ、悦びを与えてくれた。

「ルスラン……」

互いをしなやかに貪り合うための、長くゆるやかな交合は、ルスランが達し、ことり……と意識を落とすまで、男の腕の中で続けられた。

そのまま、夢も見ずに眠った。


――朝の気配の中で、ユーリーが緊張の空気を漂わせ、電信機を弄る気配で、目を覚ますまで。

◇　◇

この砦に連行され、最初に塔の最上部にあるこの部屋を見た時、ちらりと——意識しないほどかすかに、疑問に思ったことがある。

(——この砦には、通信兵がいないんだろうか……?)

司令官の私室に無線機器がある要塞など、ルスランはこれまで見たことがない。司令官自ら、無線を受信するところも。

だが、そうか——と、ふと思い当たる。この砦のどこよりも高い場所にあるこの部屋は、おそらくもっとも電波を受信しやすい場所なのだ。

(そういえば、ここは谷底のような地形の土地だと言っていたっけ——。だとすれば、無線通信自体が相当難しいだろうしな……)

気だるく寝台に横たわったまま、無線機が稼働するかすかな音に耳を澄ませる。

モールス信号を読み解く知識は、ルスランにはない。わかるのは、ツーツー・トントンと続くそれを、ユーリーがさらさらと鉛筆で書きとめているらしいことだけだ。

ルスランが帳の中、目覚めたなりの姿勢で耳を澄ましている間に、ユーリーは通信を切り、鉛筆をシュッと走らせて、ふぅ……とため息をついた。びりっ、と紙を破る音がしたのは、メモ用紙を一枚千切り取ったからだろう。

「……」

そのまま、男は沈黙している。椅子をかたりと鳴らす音すらもしない。

（あれ、そういえば今日は風の音が少し弱いような気が――）

ここは吹雪の荒れ狂う厳しい地だが、それでも奇跡的に数日間晴天が見られることが冬の間に一、二度ある。それが近づいているのかもしれない――と思った時、帳が引き開けられる。

「起きたか」

相も変わらず鉄面皮で、一部の隙もない軍服姿を整えた男は、寝台に横たわったままのルスランにそう告げた。

「よく眠れたようだな」

「――おかげさまでね」

せいぜいな皮肉を言ってやりつつ、身を起こす。その時、男の胸ポケットに、折りたたまれた紙片が押し込まれているのに気がついた。謹厳なこの男にしては妙に乱雑に折られているので、自然に目についたのだ。

（――何か特別な指令があったのか……？）

ふと気になりつつ、どうせ軍事機密だろうと思ったルスランは、清潔に洗濯された肌着を身に着ける。手にしたシャツは、こんな僻地《へきち》でありながら、そのまま帝都の学会に出席しても遜色《そんしょく》ないほど、襟も袖もぴしりと糊《のり》が効いていた。これもあの少年従卒が睡眠時間を削ってしたのだろうか、といささか心配した時、扉がノックされた。

「ドクトル、洗面用のお湯をお持ちしました」

サーシャが大きな琺瑯の壺を、重そうに持って入室してくる。ルスランが「熱いのに、危ないよ」

と言うより先に、ユーリーが「ご苦労」と告げた。

少年はキャビネットにそれを置くと、誇らしげに司令官の前で胸を張り、「今朝は何かご指令は？」と尋ねる。帝国軍司令部から命令があれば、この少年が伝令役となって兵士たちに伝えられる仕組みになっているのだろう。

「下の部屋は整ったのか？」

「はい、ご命令通りに。先ほど捕虜の身柄も移し終えました」

「では、特には何も――」

ルスランが手水《ちょうず》を使う音を聞きながら、一瞬、言葉を濁しかけて、ユーリーが思い直したように応える。

「気象情報が入った。五日後に晴れ間が来るそうだ。その後三日間続く可能性があると」

「そうですか！　それだけあれば、方面司令部まででも行って帰って来れますね！」

「そうだな――」

ちらりと、こちらを窺う気配の間がある。

「補給の必要がある物資のリストを作っておけと指令を。それから、その間、ヒムカ軍に動きがあるかもしれん」

「はい、では偵察隊を出す準備を整えておきます」

まるで従卒ではなく、副官のような物言いだ。タオルで顔を拭いながら、くす……と笑おうとしたルスランは、だが次の言葉で笑えなくなった。

「捕虜の見張りを厳重にしろ。万が一にも、脱走されてヒムカ軍にこの砦の詳細を知られては困るからな」

「——！」

「は、はい——わかりました」

幼いサーシャにも、ユーリーの軍人としての厳しさは伝わったようだ。声に緊張が滲んでいる。

（……まあ、仕方がない、か——）

この男はこの砦の責任者なのだ。いくらキサラギと個人的に親しくなろうが、捕虜に対して、投降者を装ったスパイの可能性を警戒するのは当然のことだ。

そんなことを思いつつカフスを留めて、無線機器の机に目をやったのは、たまたまだ。

いつもよりわずかに強い日の光が、机上に差している。その角度によって、ルスランには見えてしまったのだ。

ユーリーが綴った鉛筆の痕が、メモ用紙にわずかに凹《へこ》みを作っている。その文字が、まるで描かれたようにくっきりと——。

——好天ノ到来次第、ヒムカ人捕虜二名ノウチ、キサラギ・ハルオミ大尉ノ、憲兵隊ヘノ移送ヲ命ズ。

凍りついたようなルスランの目に、ユーリーが気づく。

大股に机に近づき、さっ、とメモ綴りを取り上げ——ルスランの顔を見た。

「ルスラン」

「……」

ふたりの間の空気が変わったことを、サーシャもベオも察知したらしい。ふたりして、緊張した表情を並べている。

「サーシャ、ここはもういい。下階の捕虜に食事を摂らせろ」

「は、はい！」

少年はさっと背筋を伸ばして敬礼し、そそくさと出て行く。尻尾を丸め気味にしたベオも一緒だ。

厚い木の扉が、ぱたん……と閉じると同時に、ルスランは「無理だ」と告げた。

「たとえどんなに好天が続いても、今、あの容態の大尉を雪中行軍で遠方に移送するなんて——むざむざ死なせるようなものだ！」

「そうだな」

意外なほどにあっさりと、ユーリーは同意した。

「それに憲兵隊の尋問は過酷だ。その手に落ちれば、十中八九、拷問に遭《あ》うだろう」

「……ッ……！」

とっさにルスランが連想したのは亡母のことだ。自分たちが秘密警察からの出頭命令を無視して一家で逃亡しようとしたのは、母が過酷な尋問を受ける可能性を怖れたからだった。一〇年の月日を経て、それと同じことが、今、キサラギの身の上に起きようとしている。それも、ユーリーとルスランを巻き込んで。何という因縁《いんねん》だろう。

「今、司令部はヒムカ軍に関する情報を、喉から手が出るほど欲しがっている。そこへ情報将校のキサラギが捕虜になった。飛んで火に入る夏の虫だ。奴らは一切、容赦はしないだろう」

淡々とした声だった。だがユーリーも、そんな成り行きは一切望んでいないことは、ありありとわかる――。


「君の……」

ルスランは凍土のように硬くなった唇で、やっと言葉を綴る。

「君の力で、何とかならないのか、ユーリー」

「――ルスラン」

「捕虜虐待に繋がるとわかっている命令など、実行せずに済ませることはできないのか……？　君は、歴代皇帝に仕えたクレオメネス家の当主だろう……？」

「ルスラン、今の俺は――」

男の吐露を、ルスランは先回りして封じた。

「君が皇帝の怒りを買った経緯なら、もう知っている」

「………」

なぜ知っている、誰から聞いた――などと、この男はひと言も問わない。ただ灰色の瞳に薄く驚きの色を浮かべるだけだ。

ルスランは顔を上げ、その瞳を見つめる。

「だが――だが、何とか頼む……！　キサラギ大尉はぼくを助け出すために、軍人としての地位も名誉も、故郷へ戻る望みも……命すら投げ出してくれた人なんだ！　そんなことをしても、何の得にもならないのに――。ただぼくを……」

ぼくを好きだというだけで――という言葉を、ルスランは呑み込んだ。今さら隠すようなことではないのに、なぜか、どうしてもこの男の前では口に出せなかったのだ。そんなルスランの顔を、灰色の瞳がじっと凝視している。

軍服の袖から出た両手が、ぎゅっ――と握られた。悔しげに、その拳が震えている。

「――無理だ、ルスラン」

やがてユーリーは、硬い声で告げる。

「冷遇されていようと、左遷の身であろうと、俺は帝国軍人だ。帝国と皇帝陛下に忠誠を捧げる義務を負う身が、命令無視はできない」

「ユーリー！」

「できない、ルスラン」

灰色の瞳に苦渋《くじゅう》の色を浮かべつつも、ユーリーは頑《がん》として譲ろうとしない。だがルスランも、無理は承知の懇願だ。

「でも君は――言ったじゃないか……」

男の顔を見る。目が熱いのは、涙が滲んでいるからだ。

「ぼくが君のものになれば……君と寝る仲になれば、大尉にひどいことはしないと……言ったじゃないか……！」

シュー ッ、シュー ッ……と、スチームの音。

長い沈黙――。

「そう……だったな」

やがて男が、ぽつりと零す。

「お前が俺に体を許したのは……奴のためだったたな、ルスラン――」

その声の、あまりに深刻な響きに、ルスランはハッと息を呑んだ。自分が何か、致命的な失言をしたらしいことは察しがついたが、なぜ今の言葉が、この男をこうまで傷つけてしまったのかわからない。

(だって――事実じゃないか……)

自分たちがキサラギの身柄を巡る取り引きで寝台を共にしたのは、紛れもない事実だ。そんなことは自明の理《り》で、今さら口に出したところで互いに傷つくはずもない。

――はずなのに。

(なのに――どうしてこんなに、心が痛い……?)

どうして今、自分たちは互いに傷ついているのだ――? とルスランは思う。ルスランだけではない、ユーリーだけではない、ふたり共が傷ついている。互いの心の間を繋ぎ始めていた何かが、今、音を立てて崩壊したことが、はっきりと感じられる――。

「ひとつ聞く」

ユーリーはルスランを見て、言った。

「お前は奴の――キサラギの気持ちに、応えるつもりか……?」

「――ッ……」

「戦争が終わって、自由の身になっても……奴と共にいるつもりか――？」

ルスランは男の顔から思わず視線を逸らし、それをまた戻して、答えようとした。

――そのつもりだ、と……。

だがその瞬間だった。

慌ただしく、どんどんどん！　と扉がノックされ、「少佐！　少佐！」と叫ぶ幼い声が響く。

「どうしたサーシャ」

ユーリーの声に応じて、「失礼します！」と飛び込んできた少年の姿を見て、ルスランは思わず「あっ！」と声を上げる。

少年従卒の軍服は、肩から胸元にかけて、べったりと血で汚れていたのだ。

「どうしたんだサーシャ！　どこを怪我した！」

駆け寄って手を伸べようとするルスランに、サーシャは「いいえ」と蒼白な顔で首を振る。

「ぼくの血じゃありません。下の階の――！」

「キサラギ大尉か！」

「はい、あの、お食事を少し召し上がったところで吐血されて、それで、あの、喉を詰まらせて……！」

最後まで聞かずに、ルスランは部屋を駆け出した。ぐるりと一周、螺旋の石段を降りて、以前は自分が使っていた部屋に飛び込む。

「大尉――！」

サーシャの報告通り、キサラギは吐いた血痰《けったん》か食べかけの食事を、喉に詰まらせている様子だった。寝台の上に、食事の盆や器が転がり、血が散っていた。その上でキサラギが悶絶《もんぜつ》している。

「大尉！　聞こえますか大尉！　息ができますか、大尉！」

体を横に向けさせ、背を叩く。喉から血痰が出てきたが、まだキサラギは苦しんでいる。だがもう咽《む》せる力もない様子で、喉が笛のようにヒューッ……と鳴った。

（このままでは窒息《ちっそく》する……！）

ルスランはキサラギを仰向かせ、喉を反らすように抱き上げた。そしてその血に染まった口元に、かぶりつくように口を重ねる。

「ド、ドクトル――？」

背後で、仰天した声を上げたのはサーシャだ。吸い出した血痰をプッと吐き出し、また口を重ねて吸い出す。

「大尉――大尉、しっかり……！」

頬を叩くと、ようやくキサラギは正常に息ができるようになった。「サーシャ、タオルを水で濡らして絞って」と告げると、機敏な少年は、「はいっ」と答えて水差しに飛びつく。

「ド……クトル……」

口元を拭われながら、キサラギがぶるぶると震える手を上げる。「もう大丈夫ですよ」と微笑みながら告げると、かすかに首が左右に振られ、その手が頬に触れてきた。

「早く――消毒、しないと……。あなたに感染《うつ》ってしまう――」

「心配しないで。後でちゃんとしますから」

「しかし――」

キサラギの視線が、ちらりとルスランの背後に流れて止まる。

それを追って振り向いたルスランは、そこにユーリーの蒼白な顔を見た。

茫然と、だが喰い入るような視線で、ひたり……とルスランを見つめている――。

思わずその視線に引き込まれた、その時。

ルスランの腕の中のキサラギが、再び咳き込んだ。とっさに手で押さえた口元の、指の間から、ごぼっ……と嫌な音がして、血があふれ出す。

「大尉！」

ルスランの服も、鮮血に染まる。

――決して容態がよくないことはわかっていた。でも、小康《しょうこう》状態だったのに……こんなに急に悪化するなんて……！

「ユーリー、サーシャを部屋の外へ。感染させてしまう」

「……」

「ユーリー！　早くしろ！　君はここの責任者だろう！　自分の従卒を守ってやれ！」

叫んだ瞬間だった。

キサラギの手に、衣服の襟元をきつく摑まれ、ルスランは視線を戻す。

「ドクトル……」

掠《かす》れて消えそうな声が囁く。

「わたし、は……っ……」

それを最後に、かくりと、衣服を掴む手から力が抜けた。

「大尉……？　大尉、大尉……？」

ルスランは、キサラギの体を揺さぶった。

だが閉じた瞼《まぶた》は開かない。

「大尉！　キサラギ大尉！　しっかり！　しっかりして下さい！　大尉！　大尉ッ……！」

ルスランの胸にもたれたその顔は、深くやつれた陰を宿していた。

◇　◇

シュッ……とマッチをする。

冷たく湿った空気の中に火が灯り、暗い部屋に、あたたかな光と、かぐわしい匂いが一瞬、広がった。

ルスランはそれを、燭台《しょくだい》のろうそくに移す。

ろうそくの光に照らされて、一架《いっか》の棺が石床の上に安置されていた。

ルスランは鉋《かんな》をかけたばかりのように真新しいその木肌に触れながら、石床に跪き、ろうそくの光の中で祈った。

「すまない……助けて、あげられなくて――」

まだ若い青年だった。赤みの強い茶色い髪と、小鳥の卵のようにそばかすの散った頰をして、目は澄んだ青色だった。少年のように甘えん坊で、ルスランを呼び止めては他愛のない話をしたがった。きっと人恋しかったのだろう。無頼暮らしの挙げ句、食い詰めて兵士になる者も多いクリステナだが、青年の面差《おもざ》しに荒れた生活をしてきた気配はなかった。きっと故郷には、帰りを待つ家族か、恋人がいただろう。

今朝方喀血《かっけつ》したキサラギは一時的に意識を失ったが、どうにか助かった。だが、まるでその身代わりのように、夕刻、この兵士が身罷《みまか》った。

跪いて祈りながら、ルスランは誠実に内省する。本当に、彼に対して尽くせる手はすべて尽くしただろうか。彼の苦痛を、能う限り取り除けただろうか。最後まで希望を、持たせてあげられただろうか――。

『親切なドクトルに最期を看取《みと》ってもらえたんです。それだけでも幸せだったと思います』

まだ子供のサーシャが、健気に涙を堪えながらそう言った言葉に、衛生兵たちも頷いて同意してくれたが――。

ふと、背後にかすかな気配を感じ、ルスランは顔を上げた。

「……ベオかい？」

だが、跪いたまま振り向いて呼びかけても、人懐こい犬が嬉しげに鳴く声はしない。では誰だろう――と思う間に、その気配は消えた。

廊下の石壁に、ちらり、とランプの光がまたたいた以外は、足音すらもしない。

（まさか——幽霊とか……？）

だとすれば死者となったばかりの若者の魂か、それとも、遠い昔、この砦に幽閉されたまま生涯を終えた貴人の誰かか——。

馬鹿な、と思いながらもさすがに少しぞくっとして、燭台を取り上げ、霊安室として使われている半地下の部屋を出る。

気配は、するすると遠ざかって行く。ほんの束の間、通りすがりに、ルスランの姿を垣間見ただけのように——。

「……ユーリー……？」

この静かすぎる、足音すらも押し殺した気配は、あの男に違いない。部下の死を悼《いた》みに来て、ルスランがいるのに気づき、遠慮したのだろうか……？

それとも、先日の件が気まずくて、声をかけられなかった……？

（あいつもさすがに、悩んでいるのかな——）

キサラギを司令部に移送する件のことだ。先日は言い争いになってしまったが、心の内ではルスランも、ユーリーの立場とそれゆえの苦渋を理解している。何と言っても彼は帝国軍人なのだ。そうそう私情で、上の命令に逆らえるはずもない。だが彼は鉄面皮ではあるが決して冷血漢ではない。そのことを、ルスランももう知っている。ユーリーはキサラギがひどい扱いを受けることになっても、自分は上の命令に従っただけだと平気でいられるような、凡百の卑劣な男ではない。その胸中《きょうちゅう》は、察して余りある。

だがそれでも、ユーリーが結果的にキサラギに過酷な運命を強いるようなことをすれば、やはりルスランは彼を怨まずにはいられないだろう。もしもそんなことになったら、今度は自分が大尉を守って再逃亡しなくては——とルスランは心を決め、医務室に戻る。

「……？」

おかしい——。

扉がわずかに開いている。誰かがここに出入りしたのだ。それも、たった今。ルスランが霊安室に出向いている、わずかの間に——。

戦場の絶望感に倦んだ兵士が、こっそり麻薬を盗み出して使用するというのは、よくある話だ。だがこの砦の兵士に限って、そんなことが……と思いつつ、薬品戸棚《とだな》の鍵を開け、中を確かめたルスランは、ハッ……と凍りつく。

劇薬の小瓶《バイアル》がひとつ、持ち出されている——？

いったい誰が、何のために——と考え、思い当たったのはユーリーのことだ。あの男なら、立場上、この戸棚の予備鍵を持っていても不思議ではない。だがいったい、何のために——。

まさか……と、ひとつの可能性が閃《ひらめ》く。

「ユーリー！」

まさか——まさか、あいつは、また……！

ルスランの叫びは、石壁の廊下に反響した。ランプを手に医務室を飛び出し、走りに走ってたどり着いたのは、タペストリーの裏に隠された塔の出入り口だ。

（——ッ、やっぱり……！）

いつに変わらず一部の隙もなく軍服を身に着けた男は、タペストリーをめくり上げながら、今しも塔の中に続く扉を押し開けようとしていた。それに追いすがり、扉を押す手をとっさに止める。

「……！」

男の灰色の目が、ルスランを凝視する。扉に掛かっていないほうの手には、思った通り、劇薬の薬《くすり》瓶《びん》が握られていた。

「ユーリー……何をしている」

「ルスラン——」

「それは——末期の患者の苦痛を取り除くための薬だぞ……？」

ルスランも数度使ったことがある。後は臨終《りんじゅう》まで苦しみが続くだけという状態に陥った患者を、安らかに眠らせ、楽にしてやるための薬だ。少量ならば鎮痛《ちんつう》の効果もあるが、多量に使用すると——。

「それで大尉を、どうするつもりだ」

「……」

「殺すのか？」

ユーリーは答えず、視線を逸らせた。

「答えろ、ユーリー！　君はそれで……大尉を殺すつもりだったのか！」

母上の時と同じように……と口走りかけて、ルスランはかろうじてそれを止めた。

その問い詰める視線に、やがてユーリーは、ぽつりと答える。

「――自決を勧めるつもりだった」

男の低い呟きに、ルスランは息を呑んだ。まさか、こんな答えが返ってくるとは、思いも寄らなかった……。

「自決、って――どうして……？　大尉に死ねと言うつもりだったのか――？　殺す、のではなく――？」

ランプの光の中、ユーリーは、ふっ……とため息をつく。

「奴はおそらく、それを望むだろうと思ったからだ」

「ユーリー……？」

「……投降してきた捕虜は病身で、後方への移送には耐えられない体だと、幾度も説得しようとしたのだが――司令部は聞く耳を持たない。どうやら、他の地方での戦況がよほど切迫しているらしく、どんなことでもいいからヒムカ軍の情報が欲しいらしい」

毒々しい赤インクで、「劇薬」と印刷されたラベルを、ユーリーは虚ろな目で見ている。

「そんな状況では――上層部は、たとえ奴の体を一寸刻みにしてでも、絞り出せるだけの情報を絞り出そうとするだろう。もしもそれに耐えきれず、死ぬこともできずに口を割れば――奴は否応なく売国奴になってしまう。軍人にとって、それは死ぬよりつらい屈辱だ」

「――ッ……！」

「奴は軍人だ――脱走兵となった今も、心は誇り高い軍人であり続けている」

奇妙なほど確信的に、ユーリーは言い切った。十年来の友人のように、キサラギの為人《ひととなり》を知り尽くしている口ぶりだ。

「だから——俺は……」

吹雪の、音——。

魔物の唸りのようなそれは、だが皮肉なことに、今は国家の悪意から哀れな病人を守ってくれる盾《たて》だった。だがこの吹雪が止んだら——真冬の晴れ間が訪れれば、ユーリーは、キサラギを司令部に移送せざるを得なくなる。そこで病身のキサラギを待つのは、過酷で屈辱に満ちた尋問。そして、苦痛にまみれた死、あるいは闇に葬られる運命だ。そしてそれは、キサラギのみならず、ユーリーにとっても耐えがたいことなのだ。

「ユーリー……君は」

ランプを翳して、ルスランは男の顔を見上げた。

「君は……そうして、大尉の誇りを守ろうとしてくれたのか」

その言葉に、ユーリーが目を瞠った。

「そうして君なりに——大尉を思い遣ってくれたのか」

「ルスラン……」

茫然としているのは、またいつものように「裏切り者、人殺し」と罵倒されるに違いない——と覚悟していたからだろう。

(以前のぼくなら、きっとそうだっただろうな——)

この吹雪に閉ざされた砦に来てから、数週間。

ルスランは様々なことを知り、様々な経験をした。一〇年前の真相を知り、憎み続けた男を憎めなくなった。だけではなく、この男がずっと抱えてきた哀しみを知り、彼について何も知らなかった自分の幼さを思い知り、遠い昔、この幼なじみが好きだった頃よりもはるかに深く、彼を理解できるようになった。

（だから、今はわかる――）

どうしても、自分の立場では助けてやれない。それならせめて、無用な苦しみを味わわずに済むようにしてやりたい――という、この男なりの不器用な思い遣りが。

キサラギを守りたいというルスランの、身を挺《てい》しての願いを、こんな形でしか叶えられない、この男の無念と罪悪感が――。

「……お、俺は、ただ」

ユーリーは明らかに狼狽し、ルスランの濃緑色の瞳から視線を逸らしながら、口ごもった。

「俺はただ……軍人として、栄光あるクリステナ帝国軍が、捕虜の虐待などという不名誉でその名を汚すのが、我慢できないだけだ――」

不愛想に言いながらも、鉄面皮が、わずかに紅潮している。狼狽しているのだ。

（あ……）

それを見た瞬間ルスランの胸に小さな火が灯った。つい先ほど、兵士の棺の前でマッチをすった時のように。

伸し掛かる闇を神聖な力で追い払う、一穂《いっすい》のろうそくの火のように、それはルスランの目から盲《もう》を払った。

ルスランはその目で、ユーリーを見つめる。

(ぼくは……この男が好きなんだ)

気づいた。気づいてしまった。

傷ついた魂を持ち、言葉数少なく、孤独で、だが常にひたむきに、何かを――おそらくは愛、を――求め続けている男を。

本当は、とても心やさしく、繊細で傷つきやすい男を――。

心の底から。

ずっと昔から。

愛して、いるのだ――。

「――ユーリー」

呼びかける声に、男が、びく……と反応する。

灰色の目と見つめ合う。

「ぼくは……」

言い差して、ルスランはだが、っ――と口を閉ざしてしまった。

(……言えない)

今はこんな話をしている場合ではない。自分たちは、キサラギの身柄をどうするか、という重大な問題を抱えている。

何より、そのキサラギは――。

『どうか許して欲しい――。わたしはあなたを、ずっと想ってきた……』

『わたしとて、ただの普通の男だ。あなたに隙があれば、こうしてつけ込むことも厭わない』

――駄目だ。

(ぼくには、大尉の想いを拒むことはできない)

ルスランは思った。彼はルスランへの想いのためにすべてを犠牲《ぎせい》にしてくれたのだ。それに何より、今は重病の身だ。そんな男に、想いを懸けた相手が、実は別の男を想っていた――などという残酷な事実を、突きつけることはできない……。

(ぼくは――この男に求愛することはできない。できないんだ――)

「ルスラン?」

話しかけておきながら、口を閉ざしてしまったルスランを、ユーリーが不審そうに見つめる。

その時だった――。

塔の内側から、隠し扉が乱暴にバンと音を立てて開かれる。中から飛び出してきたひとりと一匹は、それぞれユーリーとルスランの体に音を立てて衝突した。

「うわっ!」

その黒い巨体でルスランを押し倒してしまったベオは、四つ足を踏ん張った姿勢で、済まなそうに「きゅわん!」と鳴く。ユーリーの体に受け止められたサーシャは、「あっ、少佐、大変です!」と抱き止められた姿勢のまま叫んだ。

「どうしたサーシャ、何があった」

「キ、キ、キサラギ大尉が、また血をたくさん……!」

 ふたりは一瞬、互いに目を見交わし、同時に扉の内に飛び込んだ。そして電灯の灯る螺旋階段を、一段飛ばしに駆け上がる。

「キサラギ！」

中段の部屋の扉を開き、中に飛び込みながら、ユーリーは捕虜の名を叫んだ。おそらく初めてのことに、ルスランは一瞬、驚きを覚える。

キサラギは寝台に身を起こし、琺瑯の洗面器を抱え込むような姿勢で、苦しげに咽せ返っていた。白い琺瑯面に、紅《あか》い池ができている。

「キサラギ――！」

屈み込んでキサラギの顔を覗き込もうとするユーリーに、ルスランは「どいてくれ」と告げた。医師でない自分にしてやれることはないと気づいたのだろう。ユーリーは素直に身を退く。

「大尉――大尉、息ができますか？　吐いた物を喉に詰まらせていませんか？」

咽せながらも、キサラギはこくこくと頷く。ルスランはその口元を拭ってやり、口の中を濯がせて、横たわるよう指示した。

「ゆっくり呼吸をして……そう、苦しいでしょうが、肺に負担をかけないように……」

キサラギはルスランの指示に素直に従った。苦しくて、荒い呼吸をしたいだろうに、必死にそれを堪えて、ゆっくりと深呼吸を繰り返す。

ルスランはその背を、丁寧に撫でさすり、患者の呼吸が落ち着くまで続けた。やがてどうにか発作が鎮《しず》まり、ルスランが安堵したところで、キサラギが言った。

「ドクトル――お願いが……」

「何ですか、大尉……？」

透徹《とうてつ》した目で、虚空を見つめるようにして、キサラギは言う。

「どうか今ここで、わたしに死を……」

ルスランは驚き、「な……」と声を上げ、思わず、背後のユーリーを見てしまった。自決を勧める意思を、もう大尉に伝えていたのか――？　と視線で問うルスランに、ユーリーは（いいや）と首を左右に振る。例によって表情は乏しいが、驚いていることだけは伝わってくる。

なぜ、どうして、自分の思惑を知ったのだ――？　とばかりに。

「頼む、ドクトル」

痩《や》せた手がルスランの白衣を摑む。

「司令部に連行されてしまったら、今の私ではもう、過酷な尋問に耐えきれない。必ず、口を割らされる……」

「大尉――！」

「後生だ、ドクトル。どうかわたしが……国を売らずにすむようにして欲しい。わたしの最後の誇りを守って欲しい――」

「貴様――」

その時ユーリーが、目を光らせて詰め寄ってきた。

「なぜ移送命令のことを知っている？」

するとキサラギは、天井のほうを指差した。その先は無論、ユーリーの私室だ。

「すまない、実はここで、今朝方貴公が打つモールス信号の音を聞いてしまった。かすかなものだったが、吹雪の音が弱まった分、よく聞こえたんだ」

「何……？」

ユーリーが顔色を変えた。「たとえそうでも、暗号通信だぞ？」と気色《けしき》ばんで問い詰める。その顔を横から見ながら、ルスランは驚いた。こんなに色をなすユーリーは初めて見る。

「わたしは情報将校だ。クリステナ軍の暗号パターンは知悉《ちしつ》しているよ」

あっさりと告げられて、ユーリーは屈辱感に顔を歪める。機密を守る義務を負った軍人としては、当然の反応だろう。

「……だが、知られたのなら、逆に話は早いな」

ユーリーは低くそう言うと、掌に隠していた小瓶を、ことり……と音を立てて小机の上に置いた。

「俺からの情けだ。これを使えば、無用な苦しみを味わわされずに済むだろう」

そのラベルを読んで、キサラギが頷く。

「なるほど――それを投与してもらえば、たちどころにこの病苦からも解放されるな……」

「大尉！」

「だが大隊長殿、貴公がいるのなら、その薬物は必要ないだろう」

にこ……と、キサラギが微笑む。

「事情あって脱走してしまったが――それでも、わたしは軍人だ。服毒は本来、軍人に相応しい死に方ではない」

ユーリーが瞠目《どうもく》した。そのまま、しばらく沈黙した末に、「これか――」と、腰の拳銃を軽く叩く。

「俺に貴様を撃てと言うのか――？」

「わたしは捕虜の身でありながらクリステナ軍の機密を窺い知った。それで理由は充分だろう」

「……確かにな」

ユーリーの呟きを聞いて、ひ、とルスランは息を呑む。

ユーリーが……キサラギを撃つ……？

「大尉――な、何を……！」

「ドクトル、軍人にとって銃殺刑は名誉の死だ。古《いにしえ》の貴族にとっての斬首と同じように。わたしは――最後まで、軍人として生き、死ぬことを望みたい」

本当に、心からそれを望んでいることがわかる、迷いのない声だった。ルスランは思わず「大尉！」と叫んだが、今度はキサラギも苦笑で誤魔化そうとはしない。

「ありがとうドクトル――あなたには、最後まで本当によくしてもらった」

「大尉……キサラギ大尉！」

永別の言葉に、ルスランはたまらず、病身の男にすがりついた。そして揺さぶるように掻き口説く。

「そんなことを言うのはやめて下さい。希望を捨てるには、まだ早すぎる！　あなたの病はまだ治る見込みがある。完全に治癒《ちゆ》させることは無理でも、寛解《かんかい》させる余地はある。そうすれば、ずっと長く生きられる！　わたしがそうさせる。きっとそうさせてみせますから！」

「ドクトル――」

「だって――あなたにそんな程度のこともしてあげられないなんてことになったら……ぼくはあんまりにも無力だ……！」

ルスランが今ここで生きていられるのは、何もかもこの男のおかげだ。この男がすべてを捨てる覚悟で命まで懸けてくれたからこそ、ルスランは不当な死刑判決から逃げ延びることができた。この砦でサーシャやベオや衛生兵たちに出会い、「仲間」に囲まれる幸せを味わうことができた。一〇年前の真相を知り、旧友の真意を知ることができた。

それなのに、自分のほうからキサラギにしてやれることは何もないというのか。彼が命を絶たれるのを――こんな風に死を与えられるのを、黙って見ていることしかできないのか。自分は医者なのに――。命を救う医者なのに――！

（そんなのは、あんまりだ――！）

心の中で嘆くルスランの耳に、カチャカチャ、と金属を弄る音が忍び込む。

ハッとして振り向けば、ユーリーが拳銃を抜いていた。金属音は、弾倉《だんそう》を確かめた音だ。

「ユーリー！」

「そこをどけ、ルスラン」

銃口で促される。

「部屋の外に出ていろ」

ルスランは「嫌だっ！」と鋭く拒みつつ、背後にキサラギを庇った。その眼前に、ユーリーが銃口を突きつけてくる。

「どくんだ、ルスラン」

「嫌だユーリー、それだけはできない……！」

この男にキサラギを撃たせたくない。その一心にはだが、キサラギの命を助けたい気持ちとは、また別の思いがある。

（もう、この男を憎むのは、たくさんだ――！）

また、この男が人を撃ち殺すところなど――しかも自分にとって大切な誰かを殺すところなど見てしまったら、逆戻りだ。

この男を憎んでいた頃に、逆戻りだ。そうなればまた、この男も傷つくだろう。そんなのは、もう――！

「嫌だ！」

ルスランは絶叫した。叫びながら、目の前の男にしがみつく。

ルスランに勢いよく抱きつかれても、ユーリーのたくましい体は倒れなかった。力強く受け止め、よろめく気配もない。

「……！」

だが、ユーリーは息を呑む気配を見せた。ルスランは半ば茫然としている男を抱きしめ、懇願した。

「……お願いだ、ユーリー──大尉を……大尉を殺さないでくれ……」

「ルスラン──！」

「もう、たくさんだ……！」

涙で、男の顔が滲んで見えない。

「大切な人を君に傷つけられるのは、もう嫌なんだ……！」

そう口走るや、ルスランは自分が何をしようとしているのか意識もしないまま、衝動的に、目の高さにある肩に腕を回した。

「ル……」

啞然とする男の吐息に深く吸いつき、両腕いっぱいに抱きしめる。

（ああ……）

唇が触れた瞬間、疼くように甘い痛みを感じた。愛しい、という想いが過ぎるあまりの痛みだった。

今、腕の中にある男の匂いも、その体の固い感触も、愛しくてならない……。

だが、突然──。

どん、と音を立てて、ルスランは突き放された。後ろにたたらを踏み、キサラギの寝台の足元に尻もちをつく。

「ドクトル！」

キサラギが、喀血したばかりとは思えない動きで助けの手を差し伸べる。その手のおかげで、ルスランは後頭部を寝台の縁《ふち》に打ちつけずに済んだ。

「ルスラン、お前は……」

ユーリーは、声を震わせている。そしてまるで汚らわしいものがついたとでも言うように、手の甲で口元を拭った。

「俺にこんなことまでして、その男を助けたいのか」

「ユーリー……」

「母親の仇で——お前の家を潰した元凶の息子の俺に、媚《こび》を売ってまで——」

ユーリーの整った顔が歪んだ。それは自虐の笑みだった。

ルスランの胸はじくりと痛んだ。この男はまだ知らないのだ。ルスランがすでに、一〇年前の真相を知り、この親友の孤独な真実の姿を胸に抱いていることを。

——そんな言い方はやめてくれ。ぼくは君が好きなんだ。君に君なりのやさしさがあることも、もう知っている。知っているんだ、だから……！

ルスランは喉まで出かかったその言葉を、だが背後のキサラギを意識し、はっ、と呑み込んだ。それを言うのは、想いを寄せてくれているキサラギを傷つけるのと同じことだった。血を吐いているこの男を、さらに鞭《むち》で打つも同然だった。

「ユーリー……」

ルスランはどうしようと逡巡《しゅんじゅん》しつつ立ち上がろうとした。とにかくユーリーとふたりで部屋を出よう。込み入った話をするのは、それからだ。そう告げようとした寸前、男が吼えた。

「来るな、ルスラン！」

男の怒りの形相は、火を噴くような凄まじいものだった。ルスランはぞくりと震え、キサラギも息を忘れている。

「俺に近づくな！」

「ユーリー……」

男の声に込められる怒りを感じ取り、ルスランは目を瞠る。

「その男が大切だと言うなら――俺には近づくな……！」

軍服を着た肩を翻し、大股に扉へ向かう。そして、取っ手に手を掛けて、背を向けたままで告げる。

「でなければ、殺す」

「……っ」

「忘れるな。俺は育ての母であるサヨコ夫人すら撃った男だ。お前がもし今度、その男を守るために媚を売ってきたら――その男もろとも、お前も殺す！　いいな！」

風が起こるほどの勢いで、ユーリーは扉を開き、部屋から飛び出るや、ばたん！　と音を立てて閉めた。石段を駆け上る足音が、やがて小さくなり、上階の部屋に消える。

「………っ」

よろり……とルスランは立ち上がり、キサラギの寝台に手を突いて、体を支えた。

（――ユーリー……）

――俺は育ての母であるサヨコ夫人すら撃った男だ……。

言わせてしまった。あんなことを……。

ユーリーが怒るのも無理はない。自分は今、最低なことをしてしまった。まるで娼婦のように媚び、男の情けに訴えて、自分の望みを押し通してしまった。一本気で厳格なユーリーは、卑劣で汚らわしいやり口だと感じたのだろう。激しく軽蔑したに違いない。

(それに……ぼくはつい、あんなことを——)

——大切な人を君に傷つけられるのは、もう嫌なんだ……！

うかつだった。ユーリーにとっても、レオポリート伯爵夫人サヨコを殺したことは、深い心の傷になっているはずだ。それを知りながら、自分はその傷をさらにえぐるようなことを言ってしまった。

(そんなつもりじゃ……なかった、のに……)

ぎりぎりと、胸に罪悪感が突き刺さってゆく。

「ドクトル……ドクトル、どうしたのだ、大丈夫か？」

キサラギの案じる声に、ルスランは慌てて振り向き、「ええ」と応えた。

「ありがとう大尉。どこも怪我はしていないようです。大丈夫」

「そうではなく……」

キサラギは言った。

「あなたがそんなに泣くところなど、初めて見るから——」

「え、っ」

その指摘で、初めてルスランは気づいたのだ。

自分が、頰が濡れるほどに、涙を流していることに――。

「あれ……どうしたんでしょう」

ルスランは両頰を拭い、その掌を見る。

「お、おかしいな……どこも傷めてなんかないのに……どうして、ぼくは――」

は、はは……と笑おうとして、ルスランはその場にべたりと座り込む。

「ドクトル！」

ああ、いけない、立たないと。

立って「何でもない」と言わないと。

キサラギを心配させてしまう。早く立って、いつも通り微笑まないと――。

（でも……）

体が動かない。手にも足にも、力が入らない――。

嫌われてしまったのだ、とルスランは思った。

あの男に、近づくなと言われてしまった。殺してやるとまで言われてしまった――。

「ドクトル……あなたは……」

キサラギが、そんな様子を痛ましげに見つめ、ゆっくりと寝台を降りて、背後から腕を回してくる。

「ドクトル……」

キサラギの腕に、抱きしめられる。こめかみのあたりに、頰がすりつけられる感触があった。

「あなたが愛しい、ドクトル……。この命よりも――」

抱きしめてくる力は、どこまでもやさしく、ルスランを癒《い》やそうとする。

――その、腕の中で。

声を出すこともできないまま、ルスランはただ滂沱《ぼうだ》の涙を流し続けた。

◇　◇

やさしく抱きしめられる感触、こめかみに寄せられた頬の温かさ――。

「ん……キサラギ大尉？」

呟きながら、ぱちり、と目を覚ます。

すでに夢うつつの状態だったが、完全に覚醒した。ぱたん……と扉が閉ざされる、かすかな気配で。

カルテの整理をしながら、医務室の机に突っ伏して眠ってしまっていたらしい。不自然な姿勢で体に負荷がかかり、あちこちが痛い。

だが寒さは感じないのは、体の上に、厚い外套《コート》が掛けられていたからだ。もっふりと柔らかく、頬に当たる毛皮《ファー》の感触。

濃灰色の生地を用いた頭巾《フード》つきの外套《コート》は、クリステナ軍の正規のものだ。あの男が、吹雪のさ中に出会った時、身に着けていた――。

「……ユーリ……？」

外套《コート》の内側に、他人のぬくもりがまだ残っている。では、あの男が医務室を訪ねてきたのだろうか？　訪ねてきて、昼間の疲れのあまり机に伏して眠り込んでいるルスランを見つけ、風邪《かぜ》を引かないよう、自分が着ていた外套《コート》を掛けていったのだろうか――？

ふと、カルテの散乱した机上に、一片の紙片が片隅を消毒液の瓶に敷かれて置いてあるのが目についた。書かれている文字は、やはりユーリーの筆跡だ。

――捕虜の病状は重篤《じゅうとく》で、移送は命にかかわる可能性が高く、手間暇をかけるだけ無駄になると司令部を説得した。かなり渋られたが、移送を断念する代わり、捕虜が死ぬ前に、こちらで能う限りの情報は吐かせるという条件で、命令は保留にされた……。

――だから、安心しろ。

ルスランはそう締めくくられた紙片を持つ手を、思わず震わせた。ユーリーがキサラギのために、上層部と談判《だんぱん》してくれたのだ。あの不器用な男が、決して良好な関係ではないであろう司令部に、精一杯盾ついてくれたのだ。

――よかった。

紙片を胸に押しつけて、ほっ、と安堵の息をつく。少なくとも、これでキサラギが拷問されることはなくなった。あとはルスランが、彼に生きる気力を取り戻してもらえるように手を尽くすだけだ。

（でも、どういう風の吹き回しだろう――）

ルスランのしたことに、ひどく怒っていたはずなのに。

今回だけではない。あの男は常に苛立ち、不機嫌そうにしているが、時折、こんな風に唐突《とうとつ》にやさしさを示す。それも、「俺に近づくな。近づけば殺す」とまで言い放った相手に対して――。

（……ユーリー……）

ルスランは、ここ数日冷戦状態が続いている幼なじみを、心に想った。

近づくな、と宣告されたルスランが、ユーリーを避けるために医務室に泊まるようになって、今日でもう丸四日になる。ユーリーのほうもルスランを避けているようで、この間《かん》ふたりはほとんど一度も顔を合わせていない。だが、わざわざここまでやってきたのだから、ユーリーは何か話をしたいと思っていたのだろう。眠ってしまっていたことが、つくづく悔やまれる。

（顔を合わせていれば、「ありがとう」くらい言えたのに――）

腕の中の、毛皮《ファー》で膨らんだ軍用外套《コート》を抱きしめる。ほのかに男の匂いとぬくもりが残るそれに、顔を埋めて――。

「……どうしよう……」

ずきりと疼く、痛みと切なさ。

どうしよう。あの男が好きだ。彼を愛している……。

ルスランは息もつけないほど強い想いに目を閉じた。彼を憎んでいた頃には想像もしなかったほど、まるで堰《せき》を切ったように愛しさがあふれてくる。本当に、いったいどうしてしまったのだろう、自分は。いつも不機嫌で、傷ついた心を持ち、それでも時々、不器用にやさしいあの幼なじみが、愛しくてたまらない。あの感情の乏しい顔と、感情を押し殺した灰色の瞳を思い描くと、胸が痛くてたまらない。今すぐ、吐息も感じられるほど近くへ駆けて行きたいのに、今はユーリーのすべてが遠い――。

「……いいや」

感傷を振り切るために、首を振る。駄目だ。叶わない恋を女々《めめ》しく嘆いている場合ではない。今は戦時で、成り行き上、軍医代理の待遇になっているとはいえ、自分はこの砦の捕虜で、しかも大勢の傷病兵とキサラギを抱えている厳しい状況下だ。

「ぼくは今、ぼくがするべきことをしないと――」

椅子から立ち上がり、火が消えようとしている机上のランプに、油を注ぎ足した。そうして明るさを取り戻したランプを手に、夜半の巡回のために医務室を出る。ユーリーが着せかけてくれた外套《コート》は、防寒のためにありがたく借りて行くことにした。

石床の廊下を、コツコツと歩きながら、ルスランは思う。

(――諦めなくちゃ、な……)

数日前、キサラギの目の前で泣き崩れてしまって以来、幾度も考え続けてきたことだ。子供の頃のように自然で温かな友人関係に戻ることは望んでも、この気持ちをユーリーに告げることは、きっぱり諦めよう。まして愛されることを求めるわけにはいかない――と。

なぜなら、今のルスランにはキサラギがいるからだ。

『――あなたが愛しい、ドクトル……。この命よりも――』

抱きしめて慰める腕と、やさしく誠実な声を思い出し、ルスランは唇を噛む。彼はルスランが自らユーリーに口づけるところを見ていたのに、その後でなお、そう言ってくれたのだ。

(彼が想ってくれていることを知っていたのに、ぼくはユーリーに惹《ひ》かれてしまった――)

それを思うと、罪悪感に心が重く塞がる。何て恩知らずなのだろう、自分は。彼は何の見返りも期待せず、ぼくを助けてくれたのに――。
だがキサラギのことは、深く敬愛しているし、強く恩義を感じてもいる。だから今はユーリーに惹かれていても、いずれは彼に気持ちが移るだろうし、きっと、ユーリーへのこの気持ちも、すぐに忘れられるだろう――。

（諦められるさ――大尉のためなら……）

きりきりと痛みを訴える心臓を無視して、ルスランは傷病兵たちの部屋の見回りを済ませた。ひとりひとり顔を見、苦しそうにしている患者がいないことを確認して、病室を出る。

次に向かうのは、塔だ。その最上階にはユーリーが住まい、その下の階の部屋に、今はキサラギが収容されている。回診に行くには医務室から遠く、不便な場所だが、キサラギに宛てがわれているのは、この砦でもっとも居住性のいい部屋だ。真冬の夜に回診に行くのは寒くてたまらないが、キサラギのためならば、苦にはならない。

ランプの光がゆらゆらと揺れる。古いタペストリーをくぐり、扉を開いて、電灯はつけずに石段を上る。ルスランと違い、相変わらず捕虜扱いのキサラギ大尉の部屋には鍵が掛けられていて、古風な鋳鉄製のそれは、輪に通されて扉の傍らの石壁に掛けられていた。

年代物にも拘らず、錠前はひっかかりもせずにカチリと音を立てて開く。この砦のものは、どれほど古びた設備でも、きちんと手入れがされている。手入れしても及ばないところは、合理的な近代設備に入れ替えられている。軍官僚としてのユーリーの厳格さと有能さを改めて知る思いで、ルスランはまた小さく、だが確実に想いが募った。

ランプの光が、室内を照らす。その光の中で、キサラギはまるで棺に納められた遺骸《いがい》のように胸元で手を重ねて眠っていた。

ルスランはランプを枕元に置き、呼吸を確かめ、脈を診て安堵した。寝顔も安らかだ。

（大尉……）

鼻梁の通った、端整な顔を見つめる。きめ細かい肌を持ち、男女の性差が少なく、年齢の割に顔立ちが若いのは、母を通じてルスランにも引き継がれた、ヒムカ人の特徴だ。

彼――キサラギ・ハルオミのことは、実はルスランも、そう詳しく知っているわけではない。いつだったか、何かの拍子に、両親も妹も肺の病で失い、天涯孤独の身だと聞いただけだ。

（この人も、きっと寂しい人なんだろうな――）

ふと哀れみを感じる。不誠実だと思いつつ、ルスランはそれをユーリーへの感情と引き比べてしまった。安らぎを与えてくれる存在を持たず、孤独なのはあの男も同じだ。だがユーリーは、キサラギほどにはルスランにやさしくない。やさしくすること自体が下手だし、理不尽な怒りに狂ってルスランや周囲の人間を傷つけたことも何度もある。ひねくれた、手に負えない厄介な男だ。

――でも駄目だ。あの不器用な男に感じる焦《こ》がれるような気持ちは、キサラギには感じられない。どうしても、ユーリーのようには愛しく思えない……。

（でも……この人はぼくを必要としている――）

やはり無下《むげ》に捨てることはできない、とルスランが苦しんだその瞬間、黒く濡れた目が、ぱちりと開く。

「大尉――？」

息を呑んだのは、痩せて肉の削げたその手に、がしりと手首を摑まれたからだ。

「ドクトル……」

地の底から響くような声だ。ルスランはらしくない様子のキサラギに動揺しつつも、「起きていらしたのですか？」と問おうとした。

その瞬間、手首を引かれ、寝台に引き込まれる。

「え――っ？」

いつかと同じく、見事な体術で、あっという間に組み敷かれる。「大尉っ？」と声を上げて見上げると、そこには、見たこともない邪悪《じゃあく》な笑みを浮かべたキサラギの顔があった。

「だから――」

ランプの光がちらつきながら、キサラギの頰を照らす。

「だから、言ったのに」

する……と指先で顔を撫で下ろされて、ルスランはぞくりと震えた。どうしたのだろう。こんなに怖ろしい表情のキサラギは、初めて見る――。

「わたしを安全な男だと思わないでくれ、と警告したのに――」

怯えるルスランの眼前に、病みやつれた顔が迫ってくる。

「何――――ん……ん、んんっ……！」

唇を覆われて、ルスランは抵抗し、もがいて、キサラギを押し返そうとした。だが前とは違い、彼は退いてくれなかった。その強い束縛《そくばく》の力に、恐怖が走る。

「ん、ふっ……！」

前歯をぞろりと舐められて、ルスランはのたうった。キサラギではない。こんなのは、自分の知っているキサラギではない。嫌がる相手に無体を強いるなど、絶対にする人ではなかった。どうして、こんな――と混乱していると、不意にシャツをまくり上げられた。冷えた空気が胸に触れる。

「……綺麗《きれい》だ。それに――」

いやらしい、と囁かれながら、乳首を摘まれる。

ぴりっ、とした痛み。

「あの少佐殿も、こうして触れたのか？」

「……………！」

「こうして、愛してもらったのか……？」

摘まれて揉まれ、ルスランは声にならない悲鳴を上げた。嫌だ、ととっさに、そして強く思った。

（嫌だ、こんなのは嫌だ……！）

ついさっきまで、ユーリーを諦めて、この男の気持ちに応えなくては――などと考えていたというのに、ルスランはキサラギの愛撫に生理的な嫌悪感を覚え、全身を総毛《そうけ》立たせた。体の細胞がすべて、拒絶の叫びを上げている。嫌だ、こんな風にされたい相手は、この人じゃない――！

「やめて下さい、大尉……！」

「駄目だ」

無慈悲に拒否された瞬間、右の胸にツキッと痛みが走った。キサラギが口をつけ、したたかに吸い上げたからだった。きっと痕になっただろう。

「――ッ！」

「可哀想に」

キサラギが嘲《あざけ》るように呟く。

「わたしのことを信じていたのだろう？　絶対に、自分を傷つけたりしないやさしい男だと」

「――！」

「生憎だが、わたしもそこまでお人よしではない。まして愛しい人に他の男との親密さを見せつけられては、嫉妬に狂いもする――」

「親密さ、って……」

「この外套《コート》」

キサラギはルスランがまとっている軍用外套《コート》の襟を持ち上げ、鼻先を埋めて嗅いだ。

「……上品な、若い男の匂いがする――あの少佐殿だろう」

穏やかな声だったが、毛皮《ファー》を摑む手がわなわなと震えている。

「先日はあんなに修羅場《しゅらば》だったのに……あれから仲直りして、よろしくやっているというわけだ」

「違……」

身じろぐルスランを、キサラギの手が押さえつける。問答無用の強引さだ。

「許さない」

そしてキサラギは、豹変した顔と声とで叫んだ。

「あなたがあの男と結ばれるなど……わたしを捨ててあの男を選ぶなど、許さない！」

「大尉！」

ルスランは衣服を毟ろうとする男の手から、必死で逃れようとした。だが柔術の心得のあるキサラギは、それほど力を込めもせずに、易々とルスランを押さえ込んでしまう。ほとんど抵抗もできないまま、シャツのボタンが飛び、下衣を脱がされ、脚を大きく開かされた。辱《はずかし》めるように、恥部を眼前にさらされる。

「や……やめ、て……！」

内腿に吸いつかれ、舌先でツツッ……と舐め上げられて、ルスランはついに悲鳴を上げる。

「やめて、やめて下さい……！　嫌だ、嫌だぁぁぁっ！」

もがく両腿を、「大人しくしろ」と叱りつけられながら押さえられ、さらに声を上げた。

「ユーリー！　ユーリー！」

助けて、助けて……！　と息を継いでは泣き喘ぐ。こんなのは嫌だ。君以外の男に、こんな風に触れられるなんて……！

「嫌だぁぁぁっ！」

その時、重い木の扉を吹き飛ばす勢いで、ドン！　と部屋の中に飛び込んできた影があった。

夜着一枚の姿の、ユーリーだった。ルスランとキサラギが同時に首を回して、ハッとその悪魔の形相を見た瞬間、鍛《きた》え上げられた軍人の体が、豹のように飛び掛かってくる。そしてルスランの上にのしかかるキサラギを、容赦なく殴り飛ばした。

「っ……！」

弱々しい悲鳴を上げて、キサラギの体がルスランの上から吹っ飛び、石壁に頭を強打してずるりと落ちる。そのまま動かなくなった男を見て、ユーリーは反射的に腰を探るような動きを見せたが、自分が丸腰であることに気づき、チッと舌を打ちながら身を退いた。

「何事ですか、少佐！」

甲高《かんだか》く叫びながら、鳥の巣のような髪にさらに寝癖《ねぐせ》をつけ、夜着の上に片袖だけ上着を羽織《はお》った格好のサーシャが、部屋に飛び込んでくる。漆黒の毛並みを靡かせたベオも、「オンオン」と調子を合わせて吼えながら駆け込んできた。

その時、死んだように横たわっていたキサラギが、突如《とつじょ》として跳ね起きる。

「オン！」

ベオが警告するように吼えたが、遅かった。病身の捕虜は、とてもそうとは思えない身ごなしで、ひとりと一匹の脇をすり抜け、螺旋の石段を駆け下りていく。人懐こいベオは、何か騒動が起こったらしいことは察したものの、普段温和なキサラギが敵対行為をしたとは認識できなかったのか、「何なの、どうしたの」という風で、その場をぐるぐるするばかりだ。

「サーシャ、兵たちに知らせろ！　捕虜の脱走だ！」

ユーリーの叫びで、その場にいた全員が茫然自失から覚めた。

「え、は、はい！」

サーシャがベオと共に飛び出して行って間もなく、けたたましいベルが鳴り響いた。どこで作動させる仕組みになっているのか、ボクシングのゴングを滅茶苦茶に連打するような音が、砦中に鳴り響く。

夜半の砦が、にわかに騒がしくなる――。

「大……尉……」

その騒ぎの中で、半身を起こしていたルスランは、ふっと目が眩む感覚に襲われた。

あのキサラギが……。

キサラギまでが、自分を犯そうとした――。

「ルスラン！」

ろうそくの火がふっと吹き消されるように、意識が途切れる瞬間、倒れ込むルスランの体を、ユーリーの腕がしっかりと受け止めた。

「……ラン……スラン……」

名を呼ばれる声が遠い。

だがわかる。これはあの男の声だ。あの夏の日、ぶなの巨木の下でバイオリンを弾いてくれた親友の、大人になった声だ――。

――ユーリー……！

ルスランは手を伸ばして応える。その手を、霞掛かった向こう側から、力強く摑まれた。そして光の差すほうへと引き寄せられ、導かれる。

「ルスラン！」

はっきりと聞こえた声に、ルスランは瞼を開いた。ここは——と目だけで見まわして確認したのは、医務室内の光景だ。簡易寝台の周囲に、ユーリーとサーシャ、幾人かの兵士たち。そしてベオがぐるりと集合している。

「な……に……？」

何があった……？　と記憶を探る間に、ユーリーが「俺がわかるか？」と聞いてくる。

その瞬間、すべてを思い出す。

——あなたがあの男と結ばれるなど、許さない！

「ヒ、ッ……」

精神的な衝撃に、体がガタガタと震える。ユーリーが椅子から腰を浮かせて、「しっかりしろ」と肩に手を添えてくる。その手の温かさに助けられて、ルスランは叫び出したい衝動を何とか堪えた。

「ユーリー……」

そして、ハッ、ハッ……と呼吸を整えつつ、尋ねる。

「大尉は……キサラギ大尉は、どうなった……？」

「……ルスラン」

なおもキサラギを案じるルスランに、驚いたような呆れたような表情を一瞬見せた後、ユーリーは険しい顔になる。

その顔に向かって身を乗り出すように、ルスランは言い募った。

「ユーリー、彼はまさか、あの体で真冬の原野へ逃亡したんじゃないだろうな？　ちゃんと、連れ戻してくれたんだろうな？」

ユーリーは苦々しさを隠そうともしない顔で答えた。

「奴は逃亡した。今、先遣隊《せんけん》が出て捜索《そうさく》中だ。おそらく機密情報を手土産に、ヒムカ軍に逃げ戻るつもりだろう」

「そんな……」

「奴の従容《しょうよう》とした態度を信用して、お前との接触を許していたが、まさかあの体で逃亡を図るとはな……」

無念そうに告げてから、灰色の目がルスランを見据える。

「要は裏切られたということだ。俺もお前も」

ユーリーは心が冷える事実を、容赦なく言い切った。兵士たちをも巻き込んだ、気まずい沈黙の末に、がたり、と椅子が鳴る。

無言のまま立ち上がるユーリーを、ルスランは目で追った。男が雪中行軍の軍装をすっかり整えていることに、その時ようやく気づく。厚い手袋、毛皮《ファー》つきの外套《コート》、そして足元は羊毛皮《ムートン》の長靴《ブーツ》。兵士たちも同じ身なりだ。これから先遣隊に合流してキサラギを追うのだろう。

「ユーリー」

そのものものしい雰囲気に、大尉に何をする気だと、咎めるような声が出てしまった。それに対し、ユーリーは灰色の目を底光りさせながら応える。

「状況によっては、発見次第奴を射殺することになるかもしれん。覚悟しておけ」

「そんな……！」

「奴はこちらの無線通信を聞いていた。機密を知る者を、逃がすわけにはいかん」

そして男は、くるりと肩を翻す。

「来い、ベオ」

主《あるじ》の命令に、黒い大型犬は「ウォン！」と一声鳴いて立ち上がった。尻尾を振り回して、張り切っている。

「ユーリー！」

医務室を出て行く男を思わず呼び止めたルスランを、だがユーリーは顧《かえり》みない。代わりに、サーシャに命じる。

「サーシャ、俺が戻るまでルスランを見ていろ。……頼んだぞ」

「は、はい！」

少年が背筋を反り返るほどに伸ばして敬礼する。それに見送られて、ユーリーとベオ、それに兵士たちは部屋を出て行った。

「……ユーリー……」

遠ざかっていく数人の軍靴の音。

「ドクトル……」

少年が、大きな目でルスランを見つめている。

「あの――何か温かい飲み物をお持ちしましょうか？」

「うん、ありがとう……」

上《うわ》の空で返事をしつつ、医務室を出てゆくサーシャを見送って、ルスランは我が身を抱く。

寒い――。

いや違う。寒いのではない。体が震えているのは、寒いからではない。

（怖かった……）

いや、それも違う。怖かったのではない。ただ嫌だったのだ。キサラギに触れられたことが、たまらなく。身も震えるほどに。

さっきユーリーの前で、キサラギの身を案じるような態度を取ったのは、本心ではあるが本音ではなかった。連れ戻さないと命にかかわる、と懇願したのは、医師としての義務感からだ。

（もしかするとあの時大尉は、病状の進行が精神に影響して、おかしくなっていたのかもしれない。そうでないとしても、医者が個人的な怨みつらみで患者を案じることをやめるわけにはいかない……）

だがそう思いながらも、キサラギ大尉――と名を思い浮かべるだけで、改めて、ぞくり……と悪寒が走る。

（あんなに激しい嫌悪感は、初めてだった――）

今まで医師として、むごたらしい傷を負った患者も、得《え》も言われぬひどい症状に苦しむ患者も、山ほど診てきた。だが、そのどの経験でも、キサラギの欲にまみれたまなざしや、息遣い、肌に触れる手、唇や舌ほどには、おぞましい思いをしたことはなかった――。

（……ぼくは……）

ルスランは考えた。あんなに嫌だったのは、ぼくが本当は、キサラギ大尉を嫌っていたからだろうか――？　自分でも気づかない心の奥底で、本当は彼の好意を迷惑に思っていたのだろうか……？

いいや、それは違う、とルスランは自分の考えを否定した。そんなはずはない。彼には自ら口づけたこともあるのだ。あの行為だって、タイミングが少し違えば受け入れていたかもしれない。いやきっと、受け入れていただろう。この砦で、ユーリーに再会する前なら。ユーリーに抱かれる前なら、たぶん――。

（大尉が嫌いになったわけじゃない。でもああいうことは、もうユーリーとでなければ嫌なんだ。どうしようもなく、彼でなければ駄目なんだ……）

ルスランは強く自覚した。ユーリーを愛している。今の自分は、ユーリー以外の存在を受け入れられなくなっているのだ。いつの間にか、そうなってしまったのだ。身も心も。

甘く苦しい感情と共に、ルスランは自責の念を嚙みしめる。なんて身勝手な自分。キサラギは命の恩義のある人だからと、心に決めておきながら――。

ひゅううぅ……と、風の音が鳴り始めていた。

再びカツカツと靴音が聞こえてきたのは、それからきっかり半日後のことだ。

項垂れながら、それぞれ寝台と椅子に腰かけていたルスランとサーシャは、はっ……と顔を上げる。ほどもなく、ぎぃ……と音がして、扉が開く。薄暗い廊下の空間を切りぬいたようなそこに、ふたりの男が姿を現した。

正確には、ひとりの男を背負った、もうひとりの男の姿が。

無論、背負われているのはキサラギ大尉で、背負っているのはユーリーだ。どちらも肩や頭に、うっすらと雪をかぶっている。

「お、お帰りなさいませ！」

優秀な少年従卒が駆け寄り、ふたりの男の体から手際よく雪を払う。その仕事が終わるのを待って、ユーリーはキサラギを背負ったまま、カツカツと医務室の中に入ってきた。

そしてそこに棒立ちするルスランを無視し、背負っていた男を寝台に転がす。

乱暴な仕様《しざま》に、転がされたキサラギが、「う、うう……」と声を上げた。見ればその両手首は縛られ、口にはおそらく自殺予防なのだろう、布で縛った木片を噛まされている。意識はあるようだが、顔色は死人のそれだ。

「大尉！」

ルスランが飛びつくように診察しようとするのを、ユーリーが無言で腕を伸ばして制止する。

「ユーリー、どいてくれ」

ルスランは男の腕を掴み返した。

「彼を診たいんだ」

「……ルスラン」

ちゃきっ……と音がする。男の銃口が、自分の頭に突きつけられているのを知ったのは、サーシャとキサラギの表情がこわばるのを見た後だ。

「そこの壁際に立て――処刑する」

この言葉に一番驚いたのは、ルスランではなく、寝台上のキサラギだった。がたりと寝台が鳴るほど身じろぎ、「うー!」と大きな呻き声を上げる。サーシャもまた、「ええっ」と声を上げて、ぎくんと立ち竦んだ。

キサラギのほうをちらりと横目に見て、ユーリーは告げた。

「ルスラン、聞け。この男が逃げた以上、その際一緒にいたお前も、逃亡に協力した容疑を問われるだろう。そしてそうなれば、お前もこの男と一緒に、憲兵隊での尋問を受けなければならなくなる」

その言葉に一瞬、ルスランは「そんな」と反論しようとしたが、よく考えてみれば、キサラギの逃亡が可能だったのは、事前にルスランが扉を開錠していたからだ。しかも折よく、吹雪が止みかけたタイミングで。見ようによっては、ルスランがキサラギに、逃げるチャンスを作ってやったようにも見える。戦時の軍や国の要人は疑心暗鬼そのものの心理状態だ。ユーリーから報告を受けた憲兵隊が、ルスランも尋問する必要があると考えるのは、当然の成り行きだろう。

「お前のような容姿端麗《たんれい》な者が彼奴《きゃつ》らのところへ連行されたら――この男とは別の意味でひどい目に遭わされる」

意味はわかるな？　と男の目が告げる。ルスランは顔色を変えた。それはつまり、拷問代わりに犯されるということだ。おそらくは、大勢に寄ってたかって――。

――嫌だ。

ルスランは怖気を振るう。嫌だ、キサラギに触れられた時ですらあんなに嫌だったのに、見知らぬ大勢の男たちから虐待されるなんて、とても耐えられない――！

するとユーリーは、そんなルスランの心を読んだように告げた。

「俺もお前を、そんな目に遭わせるのは忍びない」

「……それは……」

ルスランは思わず、それはぼくに少しは愛情があるからか……？　と尋ねそうになった。だがとても口には出せなかった。馬鹿だ。命の危機が迫っているこの瞬間に、男の心のありかを知りたいと思うなんて。命よりも、この男のほんのささいな愛情が大切だなんて――。

「せめてもの情けだ。この男と共に、今ここで処刑してやる。そこに立て」

男の銃口が促す。ルスランは男の灰色の目を見、唇を噛んだ。一瞬の期待とは裏腹に、その目には、言葉通り「情け」以上の感情は浮かんでいなかった。

絶望感に見舞われ、ルスランは目を閉じた。そんな大人たちの様子を交互に見て、サーシャが叫ぶ。

「しょ……少佐待ってください！　ドクトルはだって、少佐の恋人なんでしょうっ？」

「こいつは一度も、俺の恋人だったことはない」

非情に断言してから、ユーリーは目を眇《すが》めた。

「俺は一度もこいつに……ルスランに、想いを受け入れてもらったことなどない」

――え……？

それはどういう意味だ？　と目を開き、視線を返す。

（君の想い……って……？）

だが言葉で問おうとした刹那、再度、ちゃき……と鳴る拳銃に、壁際へ行くことを促された。気圧《けお》されるようにそれに従いながらも、ルスランは男に視線を送る。

「ユーリー、君は……」

「ルスラン」

油断なく、ルスランに銃口を向けたまま、ユーリーは告げた。

「……愛している」

びくり――と、体が震える。すべての細胞が反応したかのように。

「俺はお前を愛している。だが、お前はずっとこの男のことしか頭になかったな。俺に抱かれたのも、自分からキスをしてくれたのも、この男を守るためでしかなかった。そのたびに俺は、天国と地獄を味わわされた」

「ユー……リー……」

ルスランは絶句した。反論したいことも否定したいことも、問い質したいこともいくつも思い浮かぶのに、言葉が出てこない。

するとユーリーは、ルスランを見つめ返し、ふっと皮相《ひそう》に笑った。「今さらだな」と呟きながら。

「今さらだ――。もう、何もかも遅すぎる。やはりお前には、あの時に想いを伝えておくべきだった」

ルスランは目を瞠った。あの時って――？

（この男が、ぼくに気持ちを告白しかけたことがあったのか――？）

だが混乱したまま記憶を探っても、思い当たる場面は出てこない。そんなルスランを見つめながら、ユーリーが引き金を引き絞る。

「心配するなルスラン。この男も、すぐにお前のところに送ってやる。安らかに逝け」

ルスランは、微動だにしない銃口を、ただ見つめることしかできない。

「少佐！　ドクトル！」

サーシャが叫ぶ。ルスランはとっさに目を閉じた。刹那、パン、と軽い音。

「――ッ……！」

しかしルスランは、体のどこにも銃創を受けないまま、目を開いた。どすん、と肉と肉がぶつかり合うような音がしたからだ。目を開いたそこに、キサラギの体当たりを受けて倒れたユーリーの姿があった。

「違う！」

体当たりの衝撃で木片が外れた口で、キサラギが叫んだ。手首は縛られ、床に這ったままだ。

「違う、違うんだ……！　ドクトルが愛しているのはわたしじゃない！」

キサラギの一撃を顎下に食らって、頬の中を切ったらしいユーリーが、よろりと身を起こしてくる。

「貴様っ、この期《ご》に及んで何を――」

「本当だ！　わたしにはそれが最初からわかっていた！　ドクトル自身が気づくよりも、ずっと前から！　報《むく》われない想いを抱えてきたのは——わたしのほうだ！」

「黙れ！」

ユーリーが、床に這った姿勢のままのキサラギの眉間に、銃口を押し当てる。

「ルスランを捨てて逃げた者の言うことなど、信じられるか！」

怒りに狂っている目だ。一瞬、ルスランはユーリーが衝動的に発砲するのではないかと思った。

だがキサラギは、銃口を眼前にしながら、なおも必死の形相で説き続ける。

「聞け！　ドクトルは貴公を想いながら、病身のわたしに気を遣って自分の心を抑えつけようとしていた。わたしは同情され、哀れまれていただけだ！　それがわかっていたから、わたしは……わたしは必死であんな演技を——！」

「え——？」

混乱した表情で頭を抱えたのは、サーシャだ。「つまり……え、え？」と目を白黒させている。

「演技って……じゃああなたは、ヒムカ軍に逃げ戻るつもりはなかったんですか？　遭難死することを承知の上で、吹雪の中に飛び出したんですか？」

「——そうだ」

キサラギが、床に座り込みながら告白する。

「わたしはあのまま雪原のどこかで野垂《のた》れ死ぬつもりだった。だが、あの黒い犬に発見され、少佐殿に捕まってしまって、こうしておめおめと……」

死ぬつもりだった、と聞かされて、ルスランは声を引きつらせた。

「そんな――！」

ひどい、と衝撃を受け、絶句する。ルスランがあれほど必死に命を救おうとしたのに、この男はその願いを無にしようとしていたのだ。あんなに何度も生きてくれと懇願したのに、その気持ちは通じていなかったのだ――。キサラギは、だがそんなルスランの顔を見て慌て、「違う、そうではないドクトル」と告げた。

「わたしは自暴自棄《じぼうじき》で命を捨てようとしたのではない。あなたに幸せを摑んで欲しい一心だった。自分を戒めて必死に想いを押しとどめているあなたが哀れで、何かしてあげられることはないかと考えた末に、そうだ、わたしが消えればいいのだと考えついた。それも愛想を尽かされるようなことをしでかしてから……そうすればあなたも、自分の本当の気持ちに素直になれるだろうと――」

ルスランは驚き、目をしばたたく。

「では――わたしを襲ったのも……？」

「演技だ」

きっぱり言われて、言葉を失った。何てことをするんだ――と、嘆息が漏れる。キサラギが心優しい反面、あまりにも捨て身で、自分自身を大切にしないことには、主治医としてずっと悩まされてきたが、まさか本当に命を捨てようとするなんて……。

「だが……少佐殿がドクトルを手に掛けようとするとは……。わたしの行動が原因で、ドクトルが命を落とすかもしれないなどとは、考えもしなかった。――……考えが甘かった……」

それを聞いて、ふーっ……と大きくため息をついたのは、ユーリーだ。

「俺の勝ちだ」

あっさりと銃口を引いての、特段、勝ち誇るでもない言葉だった。だがそれを聞いたキサラギは、あっ、と顔色を変えて、男を見つめ返す。

「貴公……」

キサラギが、珍しく目を剝いた表情をしている。

「――わたしを欺《あざむ》いたのか……！」

「お互いさまだ」

ぶっきらぼうに、ユーリーは応える。

「貴様がルスランに伸し掛かっているのを見た時は、俺も頭に血が上ったがな。ベオが逃げる貴様を追わなかったのを見て、もしやと思った。あいつは本能的に人の心を読む。もし貴様から悪意や攻撃性を感じていたら、一瞬も躊躇せず追跡して血祭りにあげていたはずだ」

「……っ」

「それに……貴様がルスランを置き捨てて自分だけ逃げるなど、俺とて信じられなかった。おおかた、何かろくでもない思惑があってのクサい芝居だろうと思っていたが――どうやってルスランの前でそれを吐かせようかと、苦心したぞ」

真実、ぎりぎりの賭けだったことを物語るかのように、ふらりと立ち上がるユーリーの顔には、らしくもなく汗が滲んでいる。それを見た瞬間、ルスランはあることに気づき、息を呑んだ。

（……ユーリー、じゃあ君は……）

——大尉が、ぼくを裏切ったのではないことを、ぼくの前で証明しようとしてくれたのか……？

ぼくのために……？　ぼくを思い遣って……？

ルスランがそう考え、震えた瞬間——それは起こった。

パーン、と甲高い音がした。ユーリーがキサラギの頬を張ったのだ。

「ユーリー！」

驚いて叫ぶルスランを、だがユーリーは見ようともせず、キサラギを睨みつける。

「この痴《し》れ者が——！」

煮えたぎるような憤怒《ふんぬ》の声だ。思わず、ルスランも制止を忘れて立ち竦む。

「よくもルスランを悲しませたな！」

「……！」

「ルスランを傷つける奴など……貴様でなければ、今すぐここで八つ裂きにしてやるところだ！」

ルスランの耳に、その喚き声は、古い響きと共に蘇った。

『ルスランを傷つける奴は、ひとり残らず地獄へ送ってやる——！』

棒を呑んだように立ち尽くすだけのルスランを、ユーリーは灰色の目で一瞥《いちべつ》し、すぐにまた、キサラギを睨みつけた。

「ルスランは——このやさしい男はな、ただ貴様の命を助けたいがために、俺に抱かれたんだ！　かつて、目の前で母親を殺した俺にな——」

男の表情が歪む。涙を堪えているかのように。

「俺は……本当はあの時、まさかルスランがあんな要求を真《ま》に受けるとは思っていなかった。たとえ手ひどく拒まれても、貴様の命を本気でどうこうするつもりなどなかった。貴様との睦まじい様子を見せつけられて、少しばかり意趣《いしゅ》返しをしてやりたかっただけだ。それなのに——」

本心を吐露する男の肩が震えている。

「それなのに、あの時ルスランは、貴様の命を救うためならば、たとえ親の仇とでも寝ると言い出した——。俺は心底惨めな思いで、ルスランを犯した」

「————っ」

ルスランは思わず息を呑み、口元を覆った。そうだった。「俺のものになれ」と言われたあの日、この男は屈辱を堪えながら抱かれようとするルスランを前に、激昂《げっこう》したのだ。「それほどあの男が大事か」と……。

(じゃああの時——ユーリーは嫉妬していたのか。だから身を挺してキサラギ大尉を守ろうとするぼくを、激情に任せて——)

発火するように、頭の芯が熱くなる。そんなルスランの前で、ユーリーは苦しげに言葉を継いだ。

「そうまでするほどに、ルスランは貴様を想っているのだ。ルスランに想われているのは、貴様だ——俺ではなく」

「少佐殿……」

「俺が……」

灰色の瞳が揺れ、滴《しずく》を垂らす。

「俺がそれを、どれほど羨《うらや》んだか……ルスランに命懸けで想われる貴様を、どれほど妬《ねた》み憎んだか！　貴様にわかるか……？　俺にとってルスランは永遠だった。物心ついてからずっと、この世でただひとりの愛しい存在だった！　それを……」

ルスランはただ茫然と、泣きながら、感情を爆発させる幼なじみを見ている——。

「それを、貴様は無下にした！　俺が欲しくて欲しくて身が捩れるようだったものを手にしていながら——……ルスランに愛されていながら！　俺がずっと断腸の思いで諦め続けてきたものを手にしていながら、それに気づきもせず、むざむざ踏みにじったのだ！　俺の——俺のルスランを傷つけて！」

しーん……と沈黙が降りる。

やがて、はぁっ……と疲労感に満ちた息を最初に吐き出したのは、ユーリーだ。そしてその灰色の目が、ルスランを見据える。

その深く切ない眼光に、ルスランはびくんと竦み上がった。

「——こいつを診てやれ」

「……っ」

「それとも——俺と来るか……？」

男の言いたいことは明らかだった。ユーリーにとって、これは精一杯の求愛なのだ。俺はお前への想いを告白した。お前に、それに応える気はあるか？——と。

「来るか？」

再度問いかけてくる男の声には、だが、どこか諦観《ていかん》の響きがある。期待はしていない——と。

ルスランは俯《うつむ》き、首を横に振った。キサラギの真意がわかった以上、やはり見捨てることはできなかった。

「——大尉を診るよ……」

「……そうか」

軍装の男は頷き、いつもの鉄面皮に戻ると、静かに部屋を出て行った。

ぱたん……と、扉が閉じる。

同時に、ルスランはきびきびと動き始めた。キサラギを立たせ、寝台に座らせる。

「サーシャ、大尉の体を拭いて差し上げるお湯が欲しいのだけれど」

「あ、はい……！　すぐにお持ちします！」

サーシャが部屋を飛び出して行く。ルスランはキサラギの前に屈み込み、その両手首の縄を解き始める。

「——馬鹿なことをしないで下さい」

固い結び目に苦心しつつ、怒りを抑えた声で告げる。

「本当に傷ついたんですよ？　それに怖かった。あの時のあなたは、本気でわたしを犯そうとしているように見えた——」

「……すまなかった」

キサラギは縄を解かれた両手で顔を覆い、深く項垂れた。

「わたしは——想い合っているのに上手く心を通わせられないでいる少佐殿とあなたを、もう見ていられなかった。それに本当は少し下心もあった。あなたがいずれ、何年か何十年か後になってからでも、わたしの本意に気づいて、そうだったのかと悔やみ涙のひとつも流すことになれば、少しはわたしも溜飲《りゅういん》が下がる、と——」

ルスランの胸が、ずきりと痛む。

(自分の命よりもぼくが愛しいと言っていたのは、こんなことをするつもりでいたからか——)

この病身の男は、本当にルスランのために己れのすべてを投げ捨てるつもりだったのだ。何よりも大切にしていた軍人としての名誉も、命も——。

「ぼくは」

ルスランはキサラギの目を覗き込んだ。

「ぼくは、どんなことをしてでもあなたの命を引き延ばして差し上げると、言ったじゃないですか」

「ドクトル」

「この戦争が終わったら、一緒に、どこか空気の綺麗な土地でひっそり暮らしましょう、大尉」

驚く顔のキサラギに告げる。

「たとえ世界のどこへ行くことになっても構いません。ぼくはあなたと共にいます」

それはキサラギのものになるという、静かな意思表明だった。

(だってぼくがこの人にしてあげられることは、それくらいしかないのだもの——)

キサラギはルスランのために故国を裏切り、さらには二度までも命を捨てようとしてくれたのだ。

それほどの愛情を捧げられながら、どうして自分だけが幸福を追いかけられるだろう。

ルスランは静かに心に決めた。たとえ二度とユーリーに会えなくなっても、ぼくはこの人と共にいよう——。

「ぼくも、あなたを大切に想っています。キサラギ大尉——」

ルスランは瞼を下ろし、心の中で（さようなら）と唱《とな》えつつ、男に口づけるために顔を近づけた。

——さようなら、ユーリー……。

その刹那——。

吹雪の音に交じって、遠くかすかに、バイオリンの音が響いてきた。弾いているのは、無論ユーリーだろう。曲目は、「逝ける白鳥のためのソナタ」だ——。

（……ユーリー……？）

キスを途中で止めて目を瞠ったルスランの唇を、キサラギが指の腹で押しつぶすように止める。

「行きなさい、ドクトル。彼のところへ」

病み衰えた男が、微笑を浮かべた。

「わたしは、他の男を愛している人の、同情や憐憫《れんびん》や、痩せ我慢の愛情など欲しいとは思わない。そんなものは残酷なだけだ」

「……大尉、でも」

「行きなさい！」

厳しい、叱責するような声だった。この穏やかな男が、声を荒げるところなど見たことがないルスランは、二の句が継げなくなる。

そんなルスランの顔を見て、キサラギはやや言葉つきを和らげる。諄々《じゅんじゅん》と説くように。

「あの告白を聞いただろう？　彼は——少佐殿は孤独な人だ。あなた以外には、この世に何の生きるよすがも持たない人なんだ。あなたを色々なものから守るために遠ざけたこの一〇年間、愛する人がこの世のどこかで生きているということだけを望みに、かろうじて生きてきた人なんだ。あなたに憎まれていることを承知の上で——。そんな人が、あなたを本当に失ってしまったら——どうなると思う？」

「……っ」

ルスランは絶句した。キサラギの指摘は的《まと》を射ていた。両親の不和から、心安らかで愛に満ちた少年時代に恵まれなかったユーリーは、ルスランを奪われかけた瞬間、狂気の血が目覚めるような、人としてひどく不安定な部分を持っている。大人になった今も、たぶんそれはそのままだ。

（……でも、ぼくは……）

なおも逡巡する顔のルスランを、キサラギは、弱々しい力ながら、どんと突き放した。

「さあ行って！　あなたは彼を愛してあげなければ。そしてあなたも幸せになるんだ」

「大尉——」

「あなたに大切な人だと言ってもらえた。わたしには、それだけで充分だ」

ルスランはキサラギの顔を見つめた。その微笑が、涙でぼやける。

「…………ごめんなさい…………！」

もう無理だ。残酷なことだとわかっていても、ユーリーのところへ行かずにいられない。あの男でなければ駄目なのだという身勝手な気持ちが、もう抑えられない。

ルスランは立ち上がり、キサラギに背を向けた。そして扉を押し開き、医務室を飛び出した。

◇　◇

バイオリンの音色が、塔の内部に昏く響いている。

それを聞きながら、息を弾ませ、螺旋の石段を駆け上がるルスランの足は、だが徐々に重く、遅くなっていった。

(キサラギ大尉……)

ついに石段の半ばで足を止め、痛みに耐えるように瞑目する。

(ぼくは……大尉を捨ててきたんだ……)

塔の中の、凍える空気を吸いながら、唇を噛んで思う。自分を捨てて部屋を出て行く想い人の背中を、病身で怪我人のキサラギに見せてしまった――。

何て残酷なことをしてしまったのだろう、とルスランは罪悪感に身を震わせる。彼は、渾身《こんしん》の想いで自分を愛してくれたのに――。

(大尉はきっと、ずっと以前から、ぼくの心を見通していたんだ……)

今にして思えば、あの諦観に満ちた穏やかさは、肺の病によるものではなく、愛する人から決して望むようには愛されないことを悟った絶望感から来ていたのかもしれない。どれほど愛を注いでも、相手の心の中にはどうしても追い出せない誰かがいて、摑みかけた心は、いつも寸前でするりと逃げていってしまう。その絶望を何度も味わわされて、どんなにかつらかったことだろう。どんなに、もがき苦しんだことだろう。ついには、血を吐くほどに——。

「……っ」

思わず悔悟《かいご》の涙が湧き上がり、石段の中途で踵《きびす》を返しかけたルスランの頭上に、白鳥の哀しい最期を描くクライマックスの旋律が降りてくる。

「……ユーリー……！」

灰色の瞳。白金色《プラチナブロンド》の髪。氷のような容姿の、だが本当は焰《ほむら》のような心を持つ幼なじみ。そして愛に飢えた、孤独で、可哀想な男——。

ルスランの足は、再びゆっくりと、だが一段ずつ踏みしめるように確実に、階段を上り始めた。かつん、かつん、と陰気な音が響く。

聞こえないことは最初からわかっていたので、あえてノックはしなかった。扉を開くと、豊潤《ほうじゅん》なバイオリンの音色が、無骨《ぶこつ》な肌を剝き出す石壁の部屋いっぱいに満ち、その中央で、ひとりの上着を脱いだ軍服姿の男が、こちらに背を向けながら、巧みに弓を操っている。

ひとりきりの舞台で悲劇を演じる役者のように——。

ルスランはその硬く締まった後ろ姿を見つめながら、ぎゅっと胸が締めつけられる痛みに身を竦ませる。

(――ぼくは、ユーリーを……この男を愛した……命を懸けてくれた大尉ではなく)

自分の残酷さに唇を噛みながら、どうして、なぜだ――と、ルスランは自問する。

どうして自分は、この真冬の空のように心の昏い男を愛してしまったのだろう。どうして、春の太陽のように温かなキサラギを愛せなかったのだろう。

長い残響を引いて旋律が停止し、ユーリーは弓とバイオリンを両手にだらりとぶら下げた。項垂れるその首筋を見つめ、どう声をかけようかと迷うルスランの前で、ユーリーはおもむろに、脇の小机に手を伸ばした。

(――拳銃……!)

男の意図に気づいた瞬間、ルスランは息を呑み、とっさに飛びついた。まずまず上出来なタイミングで、男の手を拳銃ごと、机上に押し伏せることに成功し、思わず、ふう……と肩で息をつく。

「ルスラン……」

手を押さえつけられたまま、ユーリーの灰色の目が、驚きに瞠られる。

「駄目だ、ユーリー」

その虹彩《こうさい》に、自分の濃緑色の瞳と、必死の表情が映《うつ》っているのを見ながら、ルスランは決然と首を振る。

「こんなことは駄目だ。許さない。健康で若い命を投げ捨てるなんて、ぼくは医者として、決して許さない」

「……」

ユーリーの顔に浮かぶ驚きが、やがてゆっくりと、悲しみ、そして諦めの表情に変わっていく。若い将校は、ひどく苦い自嘲のため息を漏らしながら、力なく首を振った。

「ルスラン、お前は――」

その目から、氷が溶けるような滴が、ぽたりと落ちる。

「お前は、残酷だ」

「ユーリー……」

「永遠にお前だけを想いながら、この砦で朽《く》ちゆく覚悟だった俺の前に、突然、あの男と共に現れて――。ようやく胸の奥に鎮まりかけていた焔を煽られて、俺がどれほど悶え苦しんだか――」

指先で、目元を拭う。

「それなのにお前は……他の男のものになるところを、この上さらに、俺に見せつけようと言うのか？　そうして、俺がこの世の地獄を味わうところを見たいのか？」

「……」

「お前は俺の哀れな恋心に免じて、情けをくれようと言うのかもしれないが……生半可《なまはんか》な同情は、残酷なだけだ」

期せずしてキサラギと同じ言葉を吐き、ユーリーは目を背けた。そのやつれた横顔を、ルスランはひたすらに見つめる。

――可哀想なユーリー……。

この男は、人に愛を求める術を知らないのだ。愛おしい相手を見つめ、微笑んで気持ちを伝える。

ただそれだけのことを、この男は知らないのだ。

おそらくは誰からも、そうしてもらったことがなかったから——。

ルスランの胸に、切ない想いが広がっていく。

「……なら、ユーリー」

名を呼ぶ声に、厚い石壁を通してすら遮れない吹雪の音が重なる。

「同情ではないものを、求めればいい」

「——ルスラン……？」

「君に再会して、胸の奥に眠っていたものを煽られたのは、ぼくも同じだ」

ルスランは両手を伸ばし、男の冷え切りやつれた頰を包んだ。消毒液で荒れた、決して美しくも綺麗でもない掌で、だが精一杯やさしく撫でさする。

「ユーリー、学院の中庭にあったぶなの大木を憶えているか？　どっしりと大地に根を張り、ぼくと君と、もうひとりの学友の三人がかりでやっと抱えられる幹は、どんな大風が吹いてもゆるぎもしなかったのを、憶えているか？」

「……っ」

びくりと慄く男の顔に、ルスランはさらに語りかける。心を込めて、丁寧に、確実に伝わるように——。

「ぼくは国を離れてからも、一度もあの木を忘れたことはなかった。なぜなら、あれはぼくの心の中の光景、そのものだったからだ、ユーリー」

「ル……スラン……？」

何が起ころうとしているのか、まだ理解できないでいる凍りついたようなユーリーと、そんなユーリーを見つめるルスランの世界が、その瞬間、周囲から完全に隔絶される。

——そして永遠の瞬間が訪れた。

「ぼくは——大樹が根を張るように深く、君だけを憎み、君だけを愛してきた……ユーリー・クレオメネス……ぼくの心の中にいたのは、あの頃から、ずっと君ひとりだ——」

囁きながら、近寄り、微笑みながら顔を近づける。

唇が重なった瞬間、がたん、がしゃんと音がした。竦むように体を傾けたユーリーが、小机にぶつかり、拳銃を床に落としたのだ。

「……っ」

「ん……っ」

ユーリーは竦んだように硬直している。ルスランはそんなユーリーの唇を、どうにかこじ開けようとした。捩じ込むように突き入れた舌先で前歯の表面を舐めながら、両腕を男の首に回す。

「——ッ、駄目だ、ルスラン……！」

だがユーリーは、苦しげに呻きながら、その両腕をもぎ離した。

「俺は——俺は、お前の母をこの手で……」

「ユーリー！」

ルスランは鋭い声で、逃げ腰になる幼なじみを叱咤《しった》した。叱りつけてから、だが後悔して、口調をゆるめる。

「……君がぼくを守るために母を殺したことなら、とうに知っているよ」

「──────！」

「それに、うちの家財を売り飛ばしたのも、ぼくになるべくたくさんお金を送るためだったんだろう？　君がひと言の言い訳もしてくれないから、ぼくは一〇年間も君を怨み続ける羽目になったんだぞ。本当は命の恩人だったことも知らずに……」

「ルスラ……」

今度こそ突き離されないように、ルスランはユーリーにしがみついた。腕を回して、体を密着させ、やさしくキスをする。

「……ユーリー……」

男の唇を愛しい思いで啄んで、離した唇で囁いた。

「ユーリー、でもぼくはそんな君が大好きだ……。馬鹿で不器用で口下手で思い詰めやすくて拗《す》ねっ子で手が掛かる君が、どうしてだかわからないけれど、誰よりも好きでたまらないんだよ──」

自分では甘いつもりの声で囁いてから、ルスランは可笑しくなってしまった。ひとつも褒めるところがない男を、好きだなんて我ながらどうかしている。

（ああ、でも、そうか。わかった。やっとわかった──ぼくが恋したのは完全無欠で威風堂々のクレオメネス少佐じゃない。欠点だらけの、不器用で未熟な、思春期の子供みたいなユーリーなんだ。自分自身を愛せないことに苦しみながら、必死でぼくを愛してくれるユーリーの純真さを好きになったんだ……）

その瞬間、ようやく男が応えてきた。灰色の瞳を閉じ、ハァッ、と昂奮《こうふん》の息を吐くと、肋骨をひしぐような強さで、ルスランの胴を抱きしめてくる。

舌と唇の熱さが交わされる。淫らに、だが歓《よろこ》びに満ちて——。

「んんっ……！」

男の手に貝殻骨《かいがらぼね》と腰の後ろをまさぐられて、ルスランが仰《の》け反る。ユーリーはそれを追うように、顔の上に覆いかぶさってくる。

唇が離れ、吐息を交わらせ、また重なり、離れる。痺れのような快感が、どちらの体をも震わせていた。

「ルスラン……ルスランっ……！」

泣き崩れる寸前の声が、顔の真上で囁く。

「欲しい。お前を抱きたい——」

「ユーリー……」

「今すぐ、お前の言葉が真実か、本当に夢ではないのか——確かめたい……！」

「いいよ」

ルスランは微笑み、応えた。

「ぼくも——今すぐ、君と結ばれたい。ユーリー、ぼくのユーリー……」

次の瞬間、灰色の目をした男は、積年の想い人の体を両腕で抱き上げる。

（――ああ……）

今、長い闇夜が終わる。

寝台へ運ばれる間の数秒、ルスランは男の胸の中で目を閉じ、痛いほどの悦びに身を震わせた。


その時のユーリーは、卑劣な取り引きでルスランを犯した時よりも、ずっと性急だった。

ふたりですべての衣服を脱ぎ捨てた後、ルスランが勃起したか否か確かめもしないうちに、硬く充《じゅう》溢《いっ》したものを押し当て、力を込めて、腹の中に突き込んできたのだ。

「く、あっ……！」

ルスランが仰け反りながら思わず苦鳴《くめい》を漏らしたのを聞き、ひどく興奮しているユーリーは、それでも最後の理性で、「すまない……」と掠れる声で囁いてくる。

「乱暴にして――。お前の体が蕩けるのを、待てなかった……」

「い、いいよ……っ」

みっしりと埋められる圧迫感と、裂かれる痛みに耐えながら、ルスランは応える。

「ぼくも――君に貪られたいから……」

「ルスラン」

「君を――君の心を、感じさせて、ユーリー……。君がどれくらい、ぼくを欲しいと思っているかを――」

「ああ」

　怖いほど真摯な声を漏らすと、男は慰めとも詫《わ》びともつかないキスをルスランの瞼に落とし、腰を前後に使い始める。始めは探るように小刻みに、そして次第に、狙いを定めて激しく――。

「あ、ああっ……！　ユーリー、ユーリー……！」

　男の激しさに、ルスランは空に浮かせたつま先を丸めて耐えた。無我夢中の動きは、だが同時に慣れて巧みでもあって、ルスランの中の快楽の壺を、的確に突きのめしてくる。

「ん、んんっ……！　っ、んッ……！」

　ルスランの悶えに合わせ、古い寝台が激しく軋る。

「ルスランッ……！」

　極みに達しかけているのだろう。ユーリーは動きを変え、中に身を沈めながら、腰を回し始めた。ルスランの両脇に手を突き、天を仰《あお》ぐように身を反らせ、汗に濡れた喉仏をさらして、ひたすらに快楽を追っている。

　あのユーリーが……と、ルスランは薄目を開け、その姿を見上げながら思う。この謹厳な男が、これほどに欲望にまみれた姿をさらし、本能のままに、快楽を貪って――。

（嬉しい――）

　ルスランは男の硬い先端が自分の中を探りまわる感触に、深い悦びを覚えた。魂が痺れるようなそれに、涙があふれ出る。嬉しい。嬉しくてたまらない――。

「ユーリー……ぼくは……！」

荒波に揉まれるように激しく揺さぶられながら、切れ切れに、ルスランは告げる。

「ぼく、は……ずっと、こういう君が見たかった……」

いつも気持ちを押し隠してしまうユーリーの、本当の、剝き出しの心を、見せて欲しかった。

「君に――こんなふうに愛されたかった……！」

「ルスラン……ッ」

想いが高まり、互いに腕が伸びる。ふたりは体を繋いだまま、固く抱きしめ合った。

肉に爪が食い込み、だがその痛みすら快感になる――。

「く、うっ……」

「ア、アーッ………！」

炸裂《さくれつ》は、同時にやってきた。

すべてが頭の中から飛び去り、雪原のように漂白される。

そして、煩うものの何ひとつない、その清浄な空白の中に、ひたすらに幸福感が注がれていく。

男の、想いの丈の込められた、熱が――。

「……ッ、は……！　ユーリー……！」

ゆさゆさとやさしく、だが玩具のように揺さぶられて、果てる。

ずるりと抜ける感触――。

しばらくは荒い息が治まらない。互いに力の抜けた体を重ね、汗の垂れる感触を、ただ感じているだけだ。

「ルスラン……」

脱力から立ち直り、もぞりと動いたのは、ユーリーのほうが早かった。まだ熟れたような熱の残るルスランの体を、掌でやさしく撫で回してくる。

「まだ夢のようだ……」

零れるような呟き。

「お前が俺を、愛してくれるなんて……」

「ユーリー……」

短い言葉に、この男が今までに味わってきた孤独の深さを感じ、ルスランは思わず、身を丸めるようにして、胸の中に男の頭を抱き込んだ。ユーリーもまた、より深くルスランの胸に顔を埋めてくる。

母犬のぬくもりを求める子犬のように。

しばらく耳に入らなかった吹雪の音が、再び、ヒユゥゥ……と響き始める。

その音を聞きながら、ユーリーが不意に、「ルスラン」と薄い唇を開いた。

「……いいのか？」

「えっ、何……？」

「キサラギを……あの男を選ばなくて、本当にいいのか？」

冷静さが戻ったユーリーは、今さらながら心配になったようだ。ルスランは一瞬呆れた後、くつくつと腹筋を揺らして笑った。

「……こんなにしておいて、まだぼくの愛情を信じられないのか？」

ルスランの腹の中は今、ユーリーの熱さで満たされ、ユーリーの引き締まった腹筋から胸板もまた、ルスランの放ったもので白く汚れていた。互いに快楽に溺れ、堕落し、性愛を貪った、まったく言い訳のできない姿だ。この状態で抱き合ったまま、他の男の名を出してくるのは、少しひどい。

ルスランは「聞けよ、ユーリー」と男に囁きかける。

「いいかユーリー。ぼくはさっき、キサラギ大尉を捨てたんだ。あんなにいい人を悲しませ、傷つけてまで君のところへ来たんだ。君に、抱かれるために――」

「……ルスラン……」

羞恥をかなぐり捨てた潔い言葉に、何か感じるものがあったのだろう。ユーリーはルスランを見つめながら眉を上げた。その顔に向けて、さらに言い募る。

「君はぼくが、まったく平気でそうしたと思っているのか――？　ぼくだってあの人を……少しは好きだったんだぞ……？」

するとユーリーはわずかに渋面《じゅうめん》になった。お前には俺の気持ちは解らないだろう――と言いたげに。

「――キサラギは素晴らしい男だ」

そしていきなり、恋敵《こいがたき》だった男を賞賛し始める。

「高潔で聡明で、神のように慈悲深く、やさしく、誇り高く――殺してやりたいほどの嫉妬を感じている俺ですら、思わず心惹かれる瞬間があった。俺は奴を――尊敬していた」

「……」

「だが奴がお前にひたすら献身しているさまは、見ていてつらかった。俺はお前を傷つけ執着することしかできないのに、奴は平気でお前に命を差し出すことができる。俺は簡単に嫉妬に狂うのに、奴はこともなげに恋敵の俺にも情けをかけてきた。奴と言葉を交わすたびに、俺は自分の愚かさを思い知らされ——敗北感に苛まれた」

その言葉に、ルスランは、ふと胸を突かれて黙り込んだ。

あの療養棟の部屋で、親しく話し込んでいたふたりの姿が思い出された。あの時はルスランのほうが、いつの間にか仲良くなっていたふたりに嫉妬を覚えたものだ。

だがユーリーの気持ちは、もっと複雑だったのだ。彼にとってキサラギは、憎み嫌うだけの敵ではなかった。畏怖し、尊敬し、心を許すことのできる友でもあった。信頼を寄せ、長年の苦しみを打ち明けられる相手だった。ルスランに対する感情を理解し、諭してくれる人でもあった。と同時に、やはりどうしても打ち勝てそうのない、憎い敵でもあったのだ。その感情の揺れ動きの激しさを想像すると、ルスランですら心が苦しくなる。

（……ユーリー、ごめん……。ぼくはまだ全然、君の苦しみを理解できていなかったんだな——）

ルスランが感慨を嚙みしめていると、かつて抱いた複雑な感情を蘇らせたのだろう。ユーリーは苦しげに、ふっ……と息を漏らした。

「俺は——奴のようになりたかった。キサラギのように、ただやさしさと献身だけでお前を包み込み、愛して守りたかった。だが——どうしてもできなかった」

「ユーリー……」

「お前を振り回して傷つけていることは自覚していた。だが自分でもどうすることもできなかった。

過ぎた執着はお前を苦しめるだけだと思いながら手放すこともできなくて……自分の矛盾が、いつも苦しかった――」

うっ……と、嗚咽の声が漏れる。驚くルスランの見つめる先で、灰色の瞳が涙に濡れていた。

「ルスラン、許してくれ……！」

シーツごと抱きすくめられ、肌にじわりと、ユーリーの腕が食い込んでくる。

「俺は――俺は……あの学院で、お前が上級生に襲われているのを見た瞬間、初めて奴らと同じ劣情を抱いていることに気がついた。あの時俺が本当に許せなかったのは、奴らじゃない。俺自身だった――……」

男の告白に、ルスランははっ、と息を呑む。

（そうだったのか――）

咽び泣くユーリーに抱きしめられながら、腑に落ちる思いがあった。この男があの時あれほど容赦なかったのは、欲望にまみれた上級生たちの姿に、自分自身を見たからだったのだ。そしてキサラギへの嫉妬も、彼のようになれない自分自身への絶望からだったのだ。

この幼なじみはいつも、ルスランを想いながら自分自身を罰し、傷つけてきたのだ――。

「すまない――！　俺などがお前を愛してはいけなかったのに……！」

ルスランの肌に涙が落ちた。

「だが俺は――俺は、どうしてもお前がいなければ……！　お前がいなければ――……！」

お前がいなければ、生きていけない。

それが葛藤《かっとう》を繰り返した末の、ユーリーの結論だった。そして危《あや》うく、本当にこの男はやめてしまうところだったのだ。

——生きることを。

「ユーリー……！」

ぞっと恐怖が走り、ルスランは幼なじみをきつく抱きすくめた。それに呼応するように、ユーリーの唇が肌を吸う。

ちゅ……と立つ吸い音。

胸板を舐めずるように愛撫されて、ルスランは息を詰める。「ンンッ……」と悶えて振った首筋を追うように、さらに深く食らいつかれた。

「……ユーリー……！」

貪りつくように体を開こうとする動きにさらされながら、ルスランが感じたのは、涙が出るほどの歓喜だ。

「ユーリー……！　ユーリー……！　ぼく……！　ぼく、もっ……ぼくもっ……！」

——君がいなければ、生きていけない……。

切れ切れに告げながら、ルスランは思った。

今ははっきりと確信できる。もしあの時、この男が自ら命を絶っていたら、きっと自分は、その場で後を追っていた——。

「ルスラン……！」

息を呑むような声と共に、男が再び求めてくる。脚を抱え上げられ、硬く漲《みなぎ》る熱塊《ねっかい》を押し当てられて、こじるような動きで、太い先端を蕾の中に呑まされた。

「ん、あ、ああっ……！」

そのまま、ゆっくりと貫かれ、拓《ひら》かれる感触――。

最初の性急さとは対照的に、自分の存在をじっくりと感じさせるかのように、じりじりと体を進めてくる。その動きと男の熱に、ルスランは胸の奥深く、脳髄《のうずい》の芯までも、深く満たされた。

この男を愛している。この男に愛されている。ただそれだけの、何ひとつ思い煩うことのない世界。

木漏れ日の差す木陰のような、幸福感だけが支配する世界――。

「愛している、ルスラン……」

深い声の囁きに、ルスランは目を開いた。

「もっと早くに言いたかった。もっと早くに……お前と、引き裂かれる前に……」

脳裏に蘇る、幼い声。

――どうしたの、ユーリー。

――いや……何でもない。

――何でも、ないんだ……。

わかった。やっとわかった。この告白こそ、あのぶなの木のある学院の庭で、あの明るい午後に、ついにこの男が告げられなかった言葉だ。あの木陰でのやさしいひと時こそが、この男が言う「あの時」だったのだ。

まだ互いに幼かった。だがあの時すでに、この男はルスランへの想いを自覚していたのだ。

自分にとって、永遠の存在だと。

胸に巣喰う孤独を癒やしてくれる、ただひとりの想い人だと——。

ルスランは胸を波打たせ、熱くたぎるような息を吐きながら、心から微笑み、そして、まっすぐに男を見て応えた。

「ぼくもだよユーリー……」

長く、険しい道のりだった。身を斬るような吹雪の中を、自分たちは互いの姿すら見えないまま、道に迷い、ひとりぼっちで歩いてきた。

それも今日で終わりだ。吹雪は止み、もうふたりの行く手を遮ることも、寄り添う足跡を吹き消すこともない。

「君が一番好きだ。愛してる、ユーリー……」

瞬間、ふたりは互いの瞳に幼い日の面影を見ながら、遠い昔の、木漏れ日の降るぶなの木陰に戻り、そして、あの時交わすべきだったキスを、ゆっくりと交わした。

◇　◇

がたごと、と物を動かす音で目が覚めた。吹雪の音が聞こえなくなり、やけにシンと静かだったから、耳についてしまったのだ。

「ん………？」

　夜はすでに明けている気配だった。シーツの狭間で体を伸ばす。ごろりと寝返りを打って目を擦ると、寝台の周りに引き回された幕の間から、ユーリーの後ろ姿が見えた。

　上半身裸の姿で、壁際の何かを動かしている。何をしているんだろう、と思う間に、錆《さ》びついた扉を苦心して開いたような、ぎぃ……と軋む音がした。

「……ユーリー……？」

　思わず涸《か》れた声で呼びかけると、半裸の男は振り向いて「起きたか」と呟く。そして壁際を離れ、寝台に近づいてきた。

　その裸の胸を見て、ルスランは目の奥に火花が散るのを感じた。何だろう。以前は生気を感じさせない大理石の彫像のようだと感じたのに、今朝はやけに艶《なま》めかしい。血色良く、張りつめた皮膚が輝いている。彫像が神の恩寵《おんちょう》によって生命を得、歩き出したかのようだ。

「お、おはよ……」

　おずおずと目覚めの挨拶《あいさつ》をしようとするルスランを、ユーリーはだがいきなり、何の説明もなしにシーツでくるみ込んだ。「な、何？」と戸惑う間もなく、おくるみの赤ん坊のような姿にされ、抱き上げられる。

「ちょ……、な、何するんだよユーリー！」

　いきなりのことに驚いて体が跳ね、裸足のつま先が空を蹴った。どこへ連れて行く気だ。今この体は、生々しい情事の痕跡にまみれたままなのに――。

「いいから、大人しくしていろ」

そのまま有無を言わさず運ばれた先は、石壁の一部を切り取って穿ったような扉の前だ。こんな所に出口があっただろうかと訝り、すぐにその位置には前夜まで英雄物語を織り込んだタペストリーが掛かっていたことを思い出す。付近の家具の位置も、微妙に変わっているようだ。さっき寝台の中で聞いた音は、家具を動かした音だろう。

ユーリーはルスランを抱いたまま、肩でその扉を押し開けた。外に出た途端《とたん》、斬り裂くような冷気に体を包まれ、反射的に体を竦ませる。だが常に魔王の咆哮《ほうこう》に似た音を立てていた、叩きつけるような吹雪は襲ってこない。

代わりに、まばゆいばかりの光が降り注いできて、その眩《まぶ》しさに、うっ、と目を閉じる。

「見ろ、ルスラン」

男の声。

そろりと目を開いたルスランは、そこに広がる光景に息を呑んだ。

微風すら止んだ見事な晴れ間だった。一面の雪景色。山々に点在する、白い巨人のような樹氷。そして目に沁《し》みる空の青――。

それは青と白しか存在しない、この世のものとは思えぬ純粋な世界だった。何もかもが、心が吸い込まれそうになるほどに美しい――。

「隙間風が入るだけで不要なバルコニーだったから、ここに赴任《ふにん》してからはずっと封印していた」

身を斬るような冷気の中、ズボン一枚で立っているユーリーは、そう告白する。

「……もしかして、これをぼくに見せたくて、朝一番からひとりで家具を動かしてたのか？」

「見せてやれば、お前が喜ぶだろうと思ったからな」

威風堂々を具現化したような軍人でありながら、子供のように純朴なことを言う幼なじみに、ルスランはたまらない愛しさを感じた。

自然に、唇が重なっていた。キスを終えると、しばらく無言のまま見つめ合い、また唇を重ねた。夜を徹して分かち合った欲望の残り火のようなものが、互いの瞳の奥でまだまたたいている――。

「ルスラン、クリステナに帰ってこい」

いきなり、ユーリーが告げた。思いも寄らぬ話に、ルスランは「え？」と目を瞠る。

「軍を脱走した以上、この戦争が終わっても、もうヒムカには戻れないだろう」

「そうだけど――でも、ぼくはクリステナでも、叛逆者《はんぎゃくしゃ》のままなんじゃ……」

「確かにレオポリート家は公式にはいまだに叛徒《はんと》の家の汚名を背負ったままだが、それは俺が何とかする。いい弁護士を頼めば、名誉回復はそう難しくないはずだ。必要ならば、俺が法廷であの事件は父の讒言《ざんげん》によるものだったと証言しよう。必ず、ルスラン・レオポリート伯爵として、堂々と帰国できるようにしてみせる。没収された財産も、できるかぎり返還されるよう、宮廷に根回ししよう。だから……」

「だから？」

「だから、俺のそばにいてくれ。二度と離れないでくれ。お前を手放すことには、もう耐えられない」

真摯に訴えるユーリーの顔を、ルスランは深い思いで見つめた。

一〇年前、この男に国際列車に乗せられた時は、互いに想いをすれ違わせたまま別れるしかなかった。だが今は違う。無言で突き放されたあの時と違い、ユーリーははっきりと言葉にしてルスランに訴えているのだ。そばにいて欲しい——と。

「お前がいないと、俺は不幸だ。たとえ幸福でも、そうだと感じ取れる心そのものを失くしてしまう」

「ユーリー……」

「そんな俺を哀れと思うなら、ずっと一緒にいてくれ」

ユーリーの言葉は、ひとつひとつは短いが、想いの籠もる力強いものだった。持って回った言い方をしたり、困惑して言いよどんだりすることもない。

彼にはもう、迷いはないのだ——。ルスランはゆったりと微笑し、告げた。

「いいよ。ぼくのお願いをふたつ聞いてくれたらね」

「何だ?」

ユーリーの瞳が輝いた。この男なりに、甘い囁きを期待しているのだろうか。だがルスランは男に、まずは一番聞きたくないであろう別の男の名を告げざるを得なかった。

「ひとつは君が、キサラギ大尉の身を保護してくれることだ。彼ももう、ヒムカには戻れないし……手を尽くしても、完全な健康体にはなれないかもしれない。放り出すことなんかできないだろう?」

ルスランの眼前で、ユーリーの表情が見る間に渋くなった。「駄目かい?」と不安になって問うと、

「いいや」と首を振る。

「……不本意だが了承しよう」

本当に、もの凄く嫌そうに言う様子が可笑しくて、ルスランはすまないと思いながらも笑ってしまった。キサラギを嫌っているのではなく、彼を好きになってしまいそうなことが悔しいのだと知っているから、余計に可笑しい。

「もうひとつは？」

「もうひとつは……」

ルスランは腕を回し、男の首を抱いた。

「笑ってくれないか、ユーリー」

「何？」

「今ここで、とびきり素敵な笑顔を見せてくれたら、何もかも君の言う通りにしてやってもいい」

ぴくっ、と男の気配が凍りつくのがわかった。そして深刻な声で呟く。

「――無理難題だな」

何を大げさな、とルスランは笑いそうになったが、案外ユーリーにとっては大げさではないのかもしれない。少年時代ですら、この幼なじみは笑顔の少ない子供だった。今思えば、それは心が冷たかったからではなく、愛に飢え、幼いながらに叶うことなどありえない想いに悩み続けていたからだろう。

だがもう、今日からは彼も、心凍えるような思いはせずにすむはずだ。ルスランを手に入れて、本当に幸せになったのなら。だからその証の笑顔を見せて欲しい。自分と共にいることがこの男にとっても幸せなのだと、今ここで、しっかりと確かめておきたい――。

「ユーリー？」

小首を傾げて、促す。

「早くしてくれないと、ふたりとも風邪を引くよ？」

ユーリーは困惑した様子で、灰色の瞳をしきりに泳がせていた。頬の筋肉が痙攣しているのは、笑おうと努力しているかららしい。

「……ルスラン」

困りきった挙げ句に、ユーリーは助けを求めるようにルスランの頭を引き寄せた。キスで誤魔化す気かと少し腹が立ったが、仕方がないなと目を閉じる。

ちゅ、と小さく、だが深く吸われる音。

男が唇を離し、ルスランは目を開いた。だが近すぎる距離のせいで、焦点が合わない。少し離れたが、今度は雪原に映《は》える太陽光が眩しすぎて、再び目を閉じてしまう。

どこか遠くで、オンオンオン、とベオが吼えている声が聞こえる。それに重なる、「待てったらベオ！」とはしゃぐサーシャの声。そして兵士たちの笑い声――。

ルスランは目を傷めないように、ゆっくりと瞼を持ち上げた。

焦点が結ばれる。

――その時見た恋人の顔を、ルスランは目に焼きつけたまま、生涯忘れることはなかった。

# あとがき

ＢＬ《ボーイズラブ》を愛する世界の皆様、こんにちは。高原《たかはら》いちかです。

今回は極寒の地のお話となりました。とにかく吹雪！　明けても暮れても吹雪！

さて、今作には大きなテーマがふたつあります。ひとつは「もふもふ軍服」、もうひとつは「当て馬」です。

実は高原、ミリヲタというわけでもないんですが、寒い国の軍隊で採用されている毛皮もふもふの軍服が大好きで、前々からそれを纏う男たちを書いてみたかったのです。なのでイラストの大麦若葉《おおむぎわかば》先生には、しつこいくらい「もっふりもっふり、もっともっふり」とお願いさせていただきました。皆様はこのニッチな萌えを共有して下さるでしょうか？

そしてもうひとつの「当て馬」はですね、実はこちらも以前から「メインカップルを脅かす第三の男が登場する話を書いてみませんか？」と声をかけていただいていたんですが、どうにも話としてまとまらなくて、ずっと保留状態だった課題でした。敬意と敵意が微妙にないまぜになった攻めキャラふたりのライバル関係、楽しく書かせていただきました。

最後になりましたが、この本を読んで下さった皆様に、最大限の愛と感謝を込めて。

平成二十八年二月末日　　　　　　　　　　高原いちか　拝

この本を読んでの
ご意見・ご感想を
お寄せ下さい。

〒151-0051
東京都渋谷区千駄ヶ谷4-9-7
(株)幻冬舎コミックス　リンクス編集部
「高原《たかはら》いちか先生」係／「大麦若葉《おおむぎわかば》先生」係

リンクス ロマンス

# 追憶の白き彼方に

2016年2月29日　第1刷発行

著者……………高原《たかはら》いちか
発行人…………石原正康
発行元…………株式会社　幻冬舎コミックス
〒151-0051　東京都渋谷区千駄ヶ谷4-9-7
TEL 03-5411-6431（編集）
発売元…………株式会社　幻冬舎
〒151-0051　東京都渋谷区千駄ヶ谷4-9-7
TEL 03-5411-6222（営業）
振替00120-8-767643
印刷・製本所…株式会社　光邦
検印廃止


ISBN978-4-344-83657-0 C0293
Printed in Japan

幻冬舎コミックスホームページ　http://www.gentosha-comics.net